UNE

RÉVÉLATION

2ᵉ SÉRIE P. IN-8ᵒ.

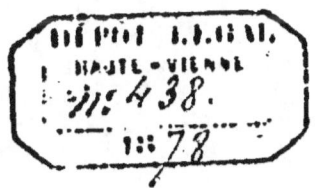

UNE

RÉVÉLATION

PAR

MADAME ANAIS FILASTRE.

LIMOGES

EUGÈNE ARDANT et Cie, ÉDITEURS.

UNE RÉVÉLATION.

LES DEUX SŒURS.

ALICE.

Quel bonheur d'être en vacances, et de pouvoir toute une journée rire, causer, aller, venir, faire de tout et ne rien faire. Il semble qu'il vous pousse des ailes, le lendemain de la distribution des prix.

MARGUERITE.

C'est vrai, je me sens aussi légère qu'un papillon, et si je prenais mon essor, je crois que je me soutiendrais dans les airs, comme lui. Tiens, regarde! (*Elle saute.*)

ALICE (*riant*).

Bien, voilà le papillon par terre. Tu aurais dû supprimer tes pieds ; ils tendent trop à toucher le sol.

MARGUERITE.

Les supprimer ! à notre âge, des pieds valent des ailes, et je me propose de les faire valoir, lorsque nous serons à Beauregard.

ALICE.

Et à Royan donc ! c'est là que nous allons nous amuser !

MARGUERITE.

A Royan ! tu ne sais donc rien ?

ALICE.

Non, qu'y a-t-il donc de nouveau ?

MARGUERITE.

Il y a que nous n'y allons pas.

ALICE.

Qui te l'a dit ?

MARGUERITE.

Maman l'a dit ce matin à Clémence, qui

venait voir s'il fallait faire nos costumes de
bains.

ALICE.

Quel ennui! es-tu sûre de cela?

MARGUERITE.

Très sûre : d'ailleurs bonne-maman te le
dira; elle est là, dans sa chambre.

ALICE.

Mais qui donc a décidé cela? d'où vient
ce contre-ordre? papa et maman nous
l'avaient promis.

MARGUERITE.

Il vient de ce que le médecin a ordonné
les Eaux-Bonnes à madame Ducret, et comme
on ne veut pas qu'elle y aille seule, nous
irons tous ensemble.

ALICE.

C'est cela, nous formerons la suite de sa
majesté.

MARGUERITE.

Que veux-tu? ce sera un voyage, toujours,
et si nous ne nageons pas comme des pois-
sons, nous grimperons comme des chevreuils.

ALICE.

Oh ! toi, tu prends ton parti de tout ; tout t'arrange, tu es bien heureuse !

MARGUERITE.

Que faire, ma pauvre Alice ? c'est la volonté de nos parents, nous ne pouvons aller contre elle.

ALICE.

Avec cela que c'est un lieu réjouissant, les Eaux-Bonnes ; on n'y rencontre que des poitrinaires, des rachitiques, dont la vue seule vous donne des idées d'enterrement ; c'est très gai, je t'assure... Moi qui avais fait de si beaux projets avec Laure de Villiers, Odette de Beaucastel, Jehanne de Villebourg, Herminie de Beauvoir, Suzanne de...

MARGUERITE.

Ah ça ! ma chère, tu avais donc donné rendez-vous à toute la noblesse de France et de Navarre ?

ALICE.

Certes, je sais choisir mes amies, moi ; je ne me lie pas avec des prolétaires.

MARGUERITE.

Je m'en aperçois; mais si toutes ces nobles demoiselles pensaient comme toi, nous serions bientôt mises de côté, nous, qui ne possédons pas la moindre particule.

ALICE.

Y songes-tu! les filles d'un président à la cour!... cela nous pose dans le monde!... Mais je reviens à notre partie manquée. Dire que c'est cette madame Ducret qui en est la cause!... Il ne fallait plus que cela pour me la faire haïr davantage. Je ne sais pourquoi cette dame me déplaît. Quel ennui qu'elle soit venue s'établir chez nous; elle aurait bien mieux fait de demeurer où elle était.

MARGUERITE (*baissant la voix*).

Tais-toi, Alice, bonne-maman est là, elle peut t'entendre, et tu lui ferais de la peine : cette dame est son amie. Maman aussi l'aime beaucoup; d'ailleurs je ne sais pas ce qui peut tant te déplaire en elle, mais je la trouve au contraire fort aimable et très sympathique. Elle s'est toujours montrée bonne et affectueuse pour nous depuis qu'elle nous connaît. Nous ne l'avons vue que très peu depuis son arrivée, puisque nous étions au couvent ; je suis sûre que nous l'aimerons davantage lorsque nous la connaîtrons mieux.

ALICE (*plus fort*).

Tu as beau dire, je ne l'aimais pas ; maintenant je l'exècre, parce que je suis convaincue que sa présence sera pour nous un obstacle perpétuel à tous nos projets...

Mme DUPERRIER (*sortant de sa chambre avec sa fille*).

Qu'as-tu donc, Alice ? tu parles avec une véhémence !

ALICE.

Oh ! ce n'est rien, bonne-maman.

Mme DUPERRIER.

Cependant, tu as le teint animé et l'air de mauvaise humeur.

Mme RAIMONDY.

Voyons, de quoi s'agit-il ? vous parliez de

madame Ducret, je crois. Éh bien! elle vient
de partir pour Beauregard avec votre grand-
père; elle va tout disposer pour nous y recevoir, cette excellente amie. Nous allons donc
passer quinze jours à la campagne; puis,
nous partirons tous ensemble pour les Pyré-
nées, où nous resterons trois semaines; de
là, nous reviendrons à Beauregard pour les
vendanges. Voilà le programme des vacances. Êtes-vous contentes?

MARGUERITE.

Oh! oui, maman, quel bonheur d'aller
faire un voyage aux Pyrénées.

ALICE (*avec humeur*).

Et Royan! nous devions aller à Royan?

Mme RAIMONDY.

Que veux-tu, ma fille, nous n'irons pas,
cette année. Les bains de mer ne sont nécessaires à aucun de nous. Les Eaux-Bonnes
étant indispensables à madame Ducret à
cause du mauvais état de sa santé, nous
irons de préférence.

ALICE (*à demi-voix*).

C'est cela, la préférence est pour madame Ducret.

Mme RAIMONDY.

Je vois, ma fille, que cette décision te contrarie ; cependant un voyage aux Pyré-nées n'est pas sans agrément ; tu y verras des sites pittoresques, des montagnes magni-fiques, une nature dont tu n'as nulle idée, et qui te charmera.

ALICE.

Oui, mais je n'y verrai pas mes amies, avec lesquelles je devais me rencontrer à Royan, et nous avions fait de si beaux pro-jets pour la saison ! nous devions tant nous amuser !

Mme RAIMONDY.

C'est fâcheux, mais que faire ! Pour te dédommager, tu auras le plaisir de revoir, à la campagne, les demoiselles Chaumel, vos amies d'enfance. Leur père vient d'a-cheter une propriété voisine de Beauregard, et nous sommes ravis de ce voisinage.

ALICE (*avec dédain*).

Les petites Chaumel ne peuvent remplacer, pour moi, les demoiselles de Villiers, de Beaucastel, de Villebourg, et d'autres encore, avec lesquelles je me suis liée à la pension, et dont le rang est bien supérieur au leur.

Mme RAIMONDY.

Et au nôtre aussi, ma fille. J'honore les familles de ces demoiselles, et je les crois elle-mêmes dignes de toutes louanges, mais, si elles sont supérieures aux filles de monsieur Chaumel par leur rang, celles-ci ne leur cèdent en rien sous le rapport de la bonne éducation et des qualités qui doivent orner une jeune fille chrétienne ; tu apprendras auprès d'elles la simplicité, la modestie, l'affabilité, toutes choses dont tu es entièrement dépourvue, ma chère enfant. Le dédain avec lequel tu parles de ces jeunes filles m'afflige profondément, ce n'est pas d'aujourd'hui que je remarque l'air hautain que tu prends avec les personnes que tu crois t'être inférieures; je t'en ai fait souvent l'observation, en te disant combien cette manière d'agir est blâmable et déplaisante.

ALICE.

Mais pourtant, maman, tu ne veux pas, je pense, que j'affecte de ne point parler à des personnes distinguées.

Mme RAIMONDY.

Non, sans doute; il faut être polie, simple et naturelle avec tout le monde, d'autant mieux qu'entre jeunes filles recevant la même éducation dans un pensionnat, toute distinction de rang doit disparaître. Ce que je désapprouve en toi, c'est précisément cette tendance qui te porte à t'élever au-dessus de certaines de tes compagnes, pour te rapprocher de celles dont le nom et les titres flattent ton orgueil. On se croit facilement les égaux des personnes que l'on fréquente; et il arrive souvent que pour avoir voulu s'élever trop haut, l'on se voit tomber bien bas. C'est ce qui pourra t'arriver si tu ne te corriges pas. Vous verrez donc les demoiselles Chaumel, elles sont à peu près de votre âge, je ne vous désire pas de meilleures compagnes.

MARGUERITE.

Oh! que je suis contente de penser que je vais revoir cette bonne Emma, et cette aimable Gabrielle! comme nous allons passer de bons jours ensemble, puisque tu nous permets de nous visiter, chère maman.

Mme DUPÉRRIER.

Une jeune fille bien élevée ne doit jamais former de liaison intime avec d'autres jeunes filles, et encore moins des projets de divertissement, sans l'assentiment de leurs parents; car il peut arriver que le choix qu'elles auraient fait sans les consulter pourrait leur déplaire, et ne pas convenir à l'une des familles..

ALICE.

J'ai souvent vu au parloir les parents de ces demoiselles; ils m'ont toujours fait beaucoup de politesses.

Mᵐᵉ DUPERRIER.

Je n'en doute pas, les personnes les
mieux élevées sont toujours les plus polies,
et les personnes les plus polies appartien-
nent presque toujours au plus haut rang de
la société : c'est là leur cachet, ainsi que la
simplicité des manières.

ALICE.

C'est pour cela, bonne-maman, que je
choisis mes compagnes dans cette classe.

Mᵐᵉ DUPERRIER.

Oui, mais tu ne les imites pas, puisque tu
prends des airs si dédaigneux, même avec
celles qui sont tes égales. Suppose un instant
que mesdemoiselles de Villiers ou de Beaucastel aient comme toi un caractère fier et
hautain ; de quel œil te regarderaient-elles?

Mᵐᵉ RAIMONDY.

Comprends-tu, ma fille, la justesse de ce
raisonnement? Voici que tu vas bientôt at-
teindre l'âge où une jeune fille est présentée
dans le monde ; si tu ne changes pas d'ici-là,
je frémis à la pensée de la malveillance et

du ridicule que tu attireras sur toi. Personne dans la famille ne te donne l'exemple de pareils sentiments. D'où peut te venir cet orgueil?

Mme DUPERRIER.

Alice se corrigera, j'en ai l'assurance; ne la grondons plus, c'est assez pour aujour-d'hui. Puisque le temps est mauvais et qu'on ne peut sortir, je vais, si vous voulez, vous raconter une histoire, pour abréger la soirée.

ALICE ET MARGUERITE.

Oh! oui, bonne-maman, une histoire, une histoire, tu en sais de si jolies, de si inté-ressantes. Tiens, Alice, voici ta chaise, je vais m'asseoir aux pieds de maman pour mieux entendre.

HISTOIRE D'UNE PETITE VILLAGEOISE.

Le 15 juillet 1804, une petite fille de huit ans conduisait, sur la route de Bordeaux à Paris, une superbe génisse blanche, marquée de taches noires. L'enfant paraissait triste, et s'arrêtait de temps en temps pour caresser sa chère Blanchette, comme elle l'appelait. On voyait que toutes deux étaient depuis longtemps familières ; car la petite fille ne craignait pas d'appuyer son visage rose sur le mufle noir et luisant de la vache, et de déposer de doux baisers sur son front. Celle-ci se prêtait de fort bonne grâce aux caresses de sa jeune maîtresse, et les lui rendait à sa manière, en frottant doucement sa tête contre l'épaule de sa petite amie.

A mesure que l'enfant avançait sur la route, sa démarche devenait de plus en plus lente, et ses pauses plus fréquentes. Pourtant elle finit par arriver à un carrefour où l'attendait un homme qui, en l'apercevant, se mit à lui crier :

— Arrive donc, petite ! que fais-tu ? il y a demi-heure que je t'attends, et tu devais être rendue la première. En disant ces mots, auxquels la petite fille ne répondit rien, il prit la corde de la vache, et remit à l'enfant un petit sac, qu'il lui recommanda bien de ne pas perdre et de remettre à son père, ainsi qu'il était convenu. Celle-ci, sans dire un mot de peur de trahir son émotion, mit l'argent dans sa poche, embrassa une dernière fois sa pauvre Blanchette, et s'éloigna en pleurant.

Mais lorsque la vache ne vit plus sa jeune conductrice, elle se mit à beugler et refusa d'avancer. L'homme avait beau la tirer, elle ne bougeait pas, et tournait la tête comme pour chercher sa maîtresse. L'enfant, dont

le cœur se brisait en entendant les mugissements de Blanchette, se retourna vers elle
et se disposait à revenir sur ses pas, lorsque son nouveau maître lui cria de ne pas
approcher, mais de s'en aller au plus vite,
parce que tant que la vache la verrait, di-
sait-il, il ne pourrait en venir à bout. Cet
homme, pour déterminer la pauvre bête à le
suivre, se mit à la frapper rudement à coups
de bâtons. Chaque coup allait douloureuse-
ment retentir dans le cœur de la petite fille,
qui, pour ne plus entendre les mugissements
de Blanchette et les coups qu'elle recevait,
se boucha les oreilles, et se prit à courir de
toutes ses forces jusqu'à ce que, suffoquée
par ses sanglots et hors d'haleine, elle se
laissa tomber sur l'herbe à la porte d'une
maison de campagne.

Elle pleurait et sanglotait si fort, qu'une
jeune demoiselle de douze à quatorze ans,
qui se promenait dans le jardin, attirée par
ses gémissements, se dirigea vers la grille,
qu'elle ouvrit.

— Qu'as-tu, ma bonne petite, demanda-
t-elle à l'enfant, qui, en entendant cette voix,
leva les yeux sur son interlocutrice, dont le
visage respirait la plus touchante bonté.

— Qu'as-tu? demanda-t-elle de nouveau à la petite désolée en la relevant et la
faisant asseoir près d'elle sur un banc. Pourquoi pleures-tu? t'es-tu fait mal? as-tu
perdu quelque chose? réponds-moi.

Mais la pauvre enfant pleurait tant, que
les sanglots lui coupaient la voix, et malgré
toute sa bonne volonté, elle était incapable
de répondre. La jeune fille, que je nomme-
rai mademoiselle Hélène Durand, prit le
parti d'attendre que cette crise fût passée
avant de poursuivre ses questions. Pendant
ce temps, sa mère était venue la rejoindre.
Elle lui raconta comment elle avait été attirée vers la porte par les pleurs de la petite
fille, et madame Durand, après l'avoir ca-
ressée pour l'encourager à parler, l'interro-
gea à son tour.

— Comment te nommes-tu, mon enfant?
lui dit cette dame.

— On m'appelle Marie, Madame.

— Où demeurent tes parents?

— Mon père demeure là-bas, près du
ruisseau du moulin, avec ma petite sœur et
moi.

— Et ta maman aussi, sans doute?

— Non, Madame, maman demeure au
ciel avec le bon Dieu.

— Pauvre enfant! si jeune, et tu n'as plus
de mère! y a-t-il longtemps que tu l'as
perdue?

— Il y aura un an aux vendanges pro-
chaines, Madame. Tant que maman était
avec nous, nous étions tous bien heureux;
mais depuis qu'elle nous a quittés, nous
avons toujours du chagrin.

— Je le crois, mon enfant, la perte d'une
bonne mère est un malheur irréparable.
Mais d'où viens-tu maintenant, et quelle
est la cause de tes larmes?

— C'est que je no verrai plus ma pauvre Blanchette.

— Qui est-ce donc, Blanchette?

— C'est notre vache, que papa a été obligé de vendre pour payer le boulanger et le meunier. Je viens de l'accompagner à son nouveau maître, et maintenant je ne la verrai plus. Pauvre Blanchette!... nous l'ai-mions tant! et elle aussi nous aimait; elle ne voulait pas me quitter, et le méchant homme l'a battue...

Les larmes de la petite fille recommencè-rent à couler.

— Console-toi, mon enfant, lui dit ma-dame Durand, je comprends que tu regret-tes ta vache; mais ce qu'il y a de plus mal-heureux, c'est que ton père se soit trouvé dans la nécessité de se défaire d'une bête qui devait être une ressource pour vous.

— Ah! Madame, Blanchette était la nour-rice de ma petite sœur; maintenant, lors-qu'elle aura faim, je n'aurai plus de lait à lui donner; et j'ai tant promis à maman

d'en avoir bien soin. Que dira-t-elle là-haut
lorsqu'elle verra sa petite Jeanne pleurer
sans que je lui donne sa nourriture comme
autrefois.

La petite Marie éclata en sanglots.

Il y eut un moment de silence. Madame
Durand et sa fille partageaient l'émotion de
l'enfant, et son récit les intéressait de
plus en plus.

— Quel âge a ta petite sœur? lui demanda
Hélène, vivement émue de cette douleur si
vraie et si naïve.

— Elle a neuf mois, Mademoiselle.

— Et depuis que ta mère est morte, c'est
toi qui la soignes?

— Oui, Mademoiselle; oh! j'en ai
bien soin, allez : au commencement une
voisine m'aidait un peu, pour m'enseigner;
mais maintenant, je m'en occupe seule, sous
la surveillance de papa. Si vous voyiez
comme elle est gentille, ma petite sœur!

— Je le crois, mon enfant, dit madame
Durand; mais ce doit être pour toi une

occupation bien pénible et bien difficile que
de soigner une si jeune enfant !

— Oh ! non, Madame, cela ne m'est pas
pénible, je l'aime tant ! puis, j'ai si souvent
promis à maman de la remplacer auprès d'elle.

— Excellent cœur! murmura madame
Durand en caressant la petite Marie, dont
la simplicité et la candeur la charmait de
plus en plus. Voudrais-tu nous dire de
quelle maladie est morte ta pauvre mère,
mon enfant? Voyons, raconte-nous toute
ton histoire.

— Hélas ! Madame, je n'en sais trop rien.
Tout ce que je sais, c'est qu'autrefois maman était bien gaie, avec ses cheveux blonds,
et des yeux si doux, si doux, que lorsqu'elle
me regardait, je ne pouvais m'empêcher de
me jeter dans ses bras pour l'embrasser.
Mais voilà que tout-à-coup maman commença à pâlir comme une rose blanche.
Elle ne chantait plus comme autrefois pour
endormir ma sœur, elle toussait comme si
elle eût été toujours enrhumée, marchait

2

plus lentement, et lorsqu'elle me regardait, je voyais de grosses larmes monter dans ses yeux. Mon père était triste aussi ; il ne riait plus, souvent je le voyais regarder maman d'un air inquiet, puis ses yeux s'arrêtaient ensuite sur ma sœur et sur moi ; il soupirait alors en regardant le ciel, je craignais toujours qu'ils ne fussent fâchés contre moi ; mais lorsque je le leur demandais, ils m'embrassaient tous deux en m'assurant que non. La maison n'était plus gaie comme autrefois ; je n'osais plus ni rire ni chanter. Cependant maman ne se plaignait de rien. Une fois, j'entendis des voisines qui disaient en parlant d'elle : Pauvre Annette, comme elle dépérit ! L'automne est à redouter pour elle ; mais je ne comprenais pas ce qu'on voulait dire. Un jour, je le demandai à maman, qui se mit à pleurer. Elle me prit sur ses genoux, et me dit : Marie, quand je ne serai plus là, promets-moi d'avoir bien soin de ta sœur, et de me remplacer auprès d'elle. Je le lui promis, et lui demandai où

elle allait, si elle partait pour un voyage.
Ma pauvre mère fit un gros soupir, et ne
me répondit pas. Je la vis prendre ma petite
sœur pour l'allaiter; mais Jeanne, au bout
d'un moment, se mit à pleurer et à crier,
maman pressa son sein sans pouvoir en
faire jaillir une goutte de lait, ce qui la fit
beaucoup pleurer. Alors, elle alla traire la
vache, mêla du lait avec de l'orge qu'elle fit
tiédir, et le donna à boire à ma sœur, en me
disant : C'est Blanchette qui sera désormais
la nourrice de Jeanne ; regarde bien comme
je fais, ma fille, afin de faire comme moi.
Pendant quelques jours encore maman put
se tenir debout, et nous étions deux pour
soigner Jeanne; mais peu à peu elle devint
si faible, si faible, qu'il ne lui fut plus
possible de quitter son lit. Ce fut alors moi
toute seule qui m'occupai de ma petite sœur.
Maman me disait ce qu'il fallait faire, et je
le faisais. J'appris ainsi à lui préparer son
lait, et à lui faire de petites bouillies que je
lui faisais manger, de sorte qu'elle ne souf-

frait pas d'être sevrée. Maman paraissait
moins affligée, en voyant que je soignais
Jeanne presqu'aussi bien qu'elle. Cependant
elle était toujours au lit, et devenait de plus
en plus faible. Ni les remèdes qu'elle prenait, ni les soins qu'on lui donnait, no
parvenaient à la guérir. A mesure que son
mal augmentait, il semblait qu'elle nous
aimât davantage. Souvent elle me disait de
lui apporter Jeanne, et me faisant monter
moi-même sur son lit, elle nous gardait des
heures entières, ne cessant pas de nous
caresser, et de me recommander de bien
aimer le bon Dieu et ma petite sœur. J'espérais toujours qu'elle se remettrait, et que
je la reverrais gaie comme autrefois, mais
voici qu'un jour elle me dit :

— Marie, mets tout en ordre dans la
chambre ; fais-toi aider par Madeleine,
arrangez tout bien proprement, parce que
le bon Dieu va venir me visiter. Je fis tout
ce qu'elle m'avait dit : un peu plus tard je
vis arriver monsieur le curé sous un dais

rouge, il venait porter le bon Dieu à maman,
me dit Madeleine. Nous nous mîmes tous à
genoux autour du lit, et mon père paraissait
encore plus triste. Après que monsieur le
curé fut parti, on laissa maman tranquille,
jusqu'à ce qu'elle nous appela tout bas. Je
courus à son lit pour voir si elle avait besoin
de quelque chose; mais je la vis si défi-
gurée, que je demeurai muette et n'osai
m'avancer. Elle s'entretint encore quelques
instants avec mon père, puis demanda à
nous embrasser encore une fois. Je sentis
des larmes couler sur ses joues, et je pleurai
aussi. Bientôt maman ne parla presque plus.
Une voisine avait emporté ma petite sœur;
on voulut m'emmener aussi, mais l'on eut
beaucoup de peine, parce que je voulais
rester près de maman et m'en aller avec elle.
On parvint pourtant à m'entraîner, en me
disant que Jeanne pleurait. Mais voici que
vers le soir, je m'aperçus, à la façon dont on
me regardait, et à quelques mots que j'entendis chuchoter, qu'il devait y avoir quel-

que chose d'extraordinaire chez nous.. Je
parvins à m'échapper, et trouvai mon père
qui pleurait, le front dans ses deux mains.
Je m'élançai sur le lit de maman, pour
l'embrasser, mais son visage était si froid,
si froid, que je poussai un cri de terreur.
Mon père, alors, m'enleva de dessus le lit,
en me disant : Pauvre Marie, tu n'as plus de
mère !...

Je ne pouvais croire que cela fût vrai; je
n'avais jamais vu mourir que des vieillards,
et maman était si jeune !... Ce ne fut que le
lendemain, lorsque je vis emporter ma pauvre mère sous un drap noir, que je compris
que je ne la reverrais plus.

Ici le récit de Marie fut de nouveau interrompu par ses larmes. Madame Durand et
sa fille pleuraient aussi. Après avoir affec-
tueusement embrassé l'enfant : Pardonne-
moi, chère petite, lui dit madame Durand,
d'avoir renouvelé ton chagrin, en te de-
mandant de nous faire ce triste récit, qui
nous touche si profondément! Après la

mort de ta pauvre mère, que fis-tu, mon enfant?

— Eh bien! Madame, reprit Marie en
essuyant ses larmes, je m'appliquai à soigner ma sœur de mon mieux. Il me semblait
toujours entendre maman me dire : Marie,
prends bien soin de Jeanne, maintenant que
je ne suis plus là. Je comprenais alors ce
qu'elle avait voulu dire. J'avais aussi grand
soin de notre vache, car maman m'avait dit :
Blanchette sera la nourrice de Jeanne désormais. Eh! mon Dieu, elle était notre
nourrice à tous. Du surplus de son lait,
que nous vendions, papa achetait du pain
pour lui et pour moi, et des vêtements pour
tous. Il fallait voir comme Jeanne était
joyeuse lorsqu'elle voyait Blanchette! Elle
reconnaissait bien sa nourrice, allez! Pauvre petite sœur, il faudra maintenant qu'elle
se contente de soupe comme nous, ou d'un
peu de bouillie à l'eau...

— Mais comment ton père s'est-il vu forcé
de vendre une bête qui vous était si utile?

— Ah ! Madame ! c'est que, comme dit
papa, un malheur n'arrive jamais seul. Tant
que maman vivait, nous n'étions pas riches,
mais tout allait bien. Papa travaillait de
son état de vigneron ; le reste du temps, il
l'employait à cultiver notre champ avec
l'aide de maman, mais lorsqu'elle devint
malade, elle ne put continuer de travailler,
alors cela n'alla plus aussi bien, papa ne
pouvait pas tout faire ; puis il fallut payer le
médecin et les remèdes pour maman. Papa
est tombé malade à son tour de fatigue et de
chagrin. Il est resté tout l'hiver sans pouvoir travailler ; il fallait manger pourtant ;
alors, il a emprunté au meunier, puis au
boulanger, et comme ils veulent être payés,
et que papa n'a pas d'argent, il a fallu
vendre Blanchette pour s'en procurer, à
moins qu'on n'eût vendu notre chaumière
ou notre champ ; mais papa n'a pas voulu
le faire, parce que notre terre et notre demeure nous sont encore plus nécessaires,
dit-il.

— Ton père a raison, mon enfant; mais à qui avez-vous vendu votre vache?

— A un homme qui s'appelle Laurent; il demeure près d'ici.

— Laurent? mais c'est un de nos métayers!

Hélène tira sa mère à l'écart, et lui dit tout bas quelques mots d'un air suppliant.

— Je le veux bien, ma fille, lui répondit madame Durand, c'était mon intention. Puis, s'adressant à Marie : Va, mon enfant, lui dit-elle, je ne veux pas te retenir plus longtemps, ton père pourrait être inquiet de ton absence. Tout ce que tu viens de me dire m'intéresse au dernier point. Sois tranquille, je te reverrai, ainsi que ton père. Comment se nomme-t-il?

— Pierre Duroc, pour vous servir, Madame, répondit Marie en faisant la révérence à ces dames.

— C'est bien, ma petite. Rappelle-toi que la Providence protège les orphelins, et que la mère qui est au ciel, sans doute. ne vous oublie pas non plus.

Marie, que la bonté de ces dames avait un peu consolée, s'en alla moins triste raconter à son père l'entretien qu'elle venait d'avoir avec elles.

A peine s'était-elle éloignée, que madame Durand se rendit avec sa fille chez Laurent, auprès duquel elle s'informa de Pierre Duroc. Celui-ci ne lui donna que de bons renseignements sur son compte, et lui dit comment il s'était rendu acquéreur de sa vache, une belle bête, dit-il, et qui vaut bien son prix.

— Combien l'avez-vous achetée? demanda madame Durand.

— Deux cent cinquante francs, Madame.

— Eh bien! mon cher Laurent, comme je ne veux pas que l'enfant de ce brave homme soit exposée à mourir faute d'une bonne nourriture, ni que lui-même soit réduit à la misère avec ses enfants, je vais vous compter le prix de cette vache et vous me ferez le plaisir d'aller la lui ramener ce soir même.

Laurent demeura un instant stupéfait de cet ordre. Il était enchanté de l'acquisition qu'il venait de faire, et ne se souciait guère de rendre la vache à son premier maître. Cependant, il n'osa pas refuser à madame Durand ce qu'elle lui demandait; et comme elle ajouta dix francs à la somme pour le dédommager de sa perte de temps, cela le décida tout-à-fait, et il promit de ramener Blanchette le jour même.

Le soir, Marie était chez elle, occupée à faire de la bouillie pour sa sœur avec ce qui lui restait du lait de leur pauvre vache. Le père, le front soucieux, tenait la petite Jeanne sur ses genoux et cherchait à l'amuser, lorsqu'il vit entrer chez lui une dame et une demoiselle. Au mouvement qu'il fit pour se lever, Marie se retourna, et les reconnaissant, elle courut au-devant d'elles pour leur offrir des siéges, en disant à son père que c'étaient les dames dont elle lui avait

parlé. Duroc les salua respectueusement, et
Marie s'empressa de leur montrer sa petite
sœur, que ces dames trouvèrent fort gentille et très proprement tenue, 'ce qui lui
causa une vive satisfaction. Pendant qu'Hélène caressait l'enfant et la regardait manger de bon appétit, madame Durand s'entretenait avec Duroc, qui lui raconta ses
malheurs, comme l'avait fait sa fille. Il ne
pouvait se lasser de répéter combien, dans
son infortune, il était heureux d'avoir sa petite Marie, dont les soins intelligents, disait-
il, avaient conservé la vie à sa plus jeune
enfant, et qui, par sa bonne volonté et sa
tendresse, suppléait autant qu'il lui était possible au vide qu'avait fait autour de lui la
mort de sa femme.

Marie avait fini de faire manger sa sœur
et se disposait à l'endormir, lorsqu'un mu-
gissement bien connu vint frapper son
oreille. Elle courut toute émue devant la
porte, emportant la petite Jeanne, qui se
mit à gazouiller en reconnaissant cette

voix. Duroc voyant madame Durand immobile sur sa chaise, n'osait bouger par politesse; mais ses traits disaient assez quelle était son angoisse. Marie ne tarda pas à rentrer, le visage bouleversé.

— Papa, dit-elle, c'est Blanchette que Laurent ramène...

— Mon Dieu! fit Duroc en levant les mains au ciel, ne la voudrait-il plus! En ce cas, comment faire? j'ai déjà disposé d'une partie de la somme qu'il m'a envoyée. Ces paroles tempérèrent la joie que ressentait Marie en revoyant sa vache.

Madame Durand ne voulut pas prolonger plus longtemps l'anxiété du pauvre père de famille. Elle se hâta de lui dire que la vache était bien à lui, puisqu'elle l'avait rachetée à Laurent, et qu'elle lui en faisait cadeau. Pierre ne savait comment exprimer sa reconnaissance à madame Durand, mais les pleurs qui mouillaient ses yeux prouvaient combien elle était vive. Quant à Marie, elle était folle de joie, et ne cessait de baiser les mains d'Hélène que pour embrasser sa petite sœur, en lui disant qu'elle aurait encore du bon lait, puisque sa nourrice était revenue. Puis, comme pendant ce temps Laurent était arrivé jusqu'à la porte, elle courut caresser Blanchette, qui poussait de joyeux mugissements en revoyant ses bons maîtres.

Madame Durand et sa fille, heureuses du bonheur qu'elles venaient de répandre autour d'elles, prirent congé de cette famille, non sans recommander à Marie de venir souvent les voir, ainsi que son père, à qui madame Durand promit de l'ouvrage. Ils étaient trop reconnaissants envers leurs bienfaitrices pour manquer d'aller les remercier. La première fois que Pierre alla à Beaumont, c'était le nom de la propriété de monsieur Durand, celui-ci, à la recommandation de sa femme, le prit pour vigneron, ce qui était une bonne fortune pour lui, vu que ce monsieur possédait un magnifique vignoble. Marie ne manquait pas

d'aller, elle aussi, visiter ses protectrices
aussi souvent que ses fonctions de ménagère et de petite maman le lui permettaient.
Ces dames s'attachèrent à elle de plus en
plus. Hélène, surtout, avait conçu pour Marie une vive affection, et la lui témoignait
par mille petits présents pour elle et pour
sa sœur. Cependant, un nouveau chagrin
vint frapper la famille Duroc. Malgré tous
ses soins, toute sa sollicitude, Marie ne put
empêcher que sa petite Jeanne ne mourût
d'une dyssenterie qui, cette année-là, enleva beaucoup d'enfants. La pauvre petite
fut longtemps inconsolable de cette mort
qui lui renouvelait celle de sa mère et la
lui rendait plus sensible. Il fallut toutes les
bontés, toutes les consolations affectueuses
que lui prodiguèrent les dames Durand,
pour lui faire supporter avec résignation
cette nouvelle peine.

Néanmoins, comme la douleur ne peut
laisser de profondes traces dans un cœur
de neuf ans, celle de Marie s'effaça peu à

peu au bout de quelques mois. Elle commençait à reprendre sa gaîté naturelle, lorsqu'un nouveau sujet de chagrin vint l'as-
saillir : elle apprit que son père songeait à
se remarier. Cette nouvelle l'affligea profondément. Elle ne pouvait penser sans pleurer qu'une autre femme allait prendre la
place de sa mère ; que peut-être elle ne
l'aimerait pas et la rendrait malheureuse ;
cette pensée la désolait. Elle en fit part à
ses bienfaitrices, qui partagèrent ses crain-
tes sans le lui dire.

Madame Durand comprenait bien que
Pierre ne pouvait rester sans se remarier ;
il avait besoin d'une femme pour tenir son
ménage et lui aider à cultiver son petit
patrimoine, chose que Marie était incapable
de faire, malgré toute sa bonne volonté.
Elle était trop jeune d'abord, puis sa santé
était trop délicate pour qu'elle pût se livrer
à de si pénibles travaux. D'un autre côté,
elle craignait que sa petite protégée n'eût à
souffrir avec une belle-mère. Hélène trouva

le moyen de tout arranger, en proposant à
sa mère de prendre Marie chez elle. Intel-
ligente comme elle est, disait-elle, nous la
formerons facilement, elle deviendra pour
nous une excellente femme de chambre, et
plus tard une personne de confiance sur
laquelle nous pourrons nous reposer. Cette
proposition plut à madame Durand.

— Tu as raison, dit-elle à sa fille, ce
sera le meilleur moyen pour nous de faire
le bonheur de cette enfant. J'en parlerai à
son père à la prochaine occasion.

Cette occasion ne se fit pas longtemps
attendre; car Duroc venait souvent à Beaumont; il y vint peu de jours après.

— Mon cher Pierre, lui dit madame Durand en le prenant à part, je n'ignore pas
que vous désirez vous remarier, je ne vous
blâme pas, je comprends qu'une femme
vous est nécessaire dans votre position;
mais puisque vous prenez une compagne,
et que vous pouvez espérer d'avoir d'autres
enfants, ne voudriez-vous pas nous con-

fier votre petite Marie? ma fille et moi l'ai-
mons beaucoup, nous avons résolu de l'é-
lever et de pourvoir à son avenir, si vous
consentez à ce que je vous propose.

Pierre resta un moment sans répondre,
il ne savait à quoi se résoudre. Madame
Durand, qui comprit son hésitation, ajouta :

— Je vous laisse parfaitement libre,
mon brave Duroc, d'accepter mon offre ou
de la rejeter. Je ne prétends pas que vous
vous priviez de votre enfant par pure com-
plaisance, je ne vous fais cette proposition
qu'autant qu'elle pourrait vous paraître
avantageuse pour vous et pour Marie. Du
reste, prenez le temps de réfléchir, et quelle
que soit votre réponse, elle ne changera
rien à nos bonnes dispositions pour votre
enfant et pour vous. D'ailleurs, mon intention serait de ne prendre votre fille qu'après
votre mariage, lorsque vous pourrez vous
passer de ses petits services.

— Je vous remercie, Madame, de toutes
vos bontés pour nous, et de l'offre avanta-

geuse que vous me faites pour ma fille.
J'accepte le temps que vous me donnez pour
y réfléchir, et vous prie de pardonner mon
hésitation. Ma petite Marie est tout ce qui
me reste de mon premier mariage. Elle est
pour moi un souvenir vivant de sa mère,
et toute l'amitié que j'avais pour ma femme
s'est reportée sur elle ; aussi ne puis-je sans
douleur songer à m'en séparer.

— Je comprends parfaitement vos sentiments, mon cher Duroc, c'est pour cela que
je vous laisse une entière liberté. Cependant, songez que votre fille ne serait pas
perdue pour vous. Chaque jour vous pourriez la voir ici, puisque vous y venez, et
l'hiver il vous serait facile de venir la voir à
Bordeaux, lorsque cela vous conviendrait.

Duroc remercia de nouveau madame
Durand. Resté seul, il se prit à réfléchir
profondément. Il se dit qu'un refus de sa
part ne pourrait que nuire à l'avenir de sa
chère enfant, qui ne pouvait qu'être très
heureuse avec des dames si charitables et

si bonnes. D'un autre côté, il songeait avec
inquiétude au chagrin qu'il lui préparait,
ainsi qu'à lui-même, si sa nouvelle compagne n'avait pas pour elle tous les soins
et toute l'amitié qu'il pouvait désirer. Cette
crainte l'avait même empêché de se marier
plus tôt, tant il redoutait de voir sa fille
moins heureuse. Tout bien considéré, il
crut devoir accepter l'offre qui lui était faite.
Mais avant de rien conclure, il voulut savoir
si sa petite Marie accepterait volontiers cet
arrangement. Il lui fit part de la proposition
de madame Durand, et la laissa libre de
l'accepter ou de la rejeter, l'assurant que
jamais il ne lui fût venu la pensée de se
séparer d'elle, si cette dame ne lui eût fait
entrevoir qu'elle désirait faire son bonheur.

Marie ne fit aucune difficulté, elle consentit volontiers à demeurer chez ses bienfaitrices, puisqu'on lui permettrait de voir
son père chaque jour, et qu'elle serait tranquille, sachant que les soins ne lui manqueraient pas, puisqu'il allait se remarier.

Peu de jours après, Pierre apporta à madame Durand une réponse satisfaisante, et mit toute la diligence possible à conclure son nouveau mariage, sachant que ces dames allaient bientôt quitter la campagne. Le soir même de ce jour, après le repas de noce, Marie fit son entrée chez ses bienfaitrices.

A peine fut-elle installée chez ces dames, que leur premier soin fut de s'occuper de son éducation, qui, vous le comprenez, avait été bien négligée ; il n'avait pas été possible à Marie d'aller à l'école, étant occupée comme elle l'était toujours. Ce fut Hélène qui se chargea de ce soin. Elle commença par enseigner à lire à sa petite élève, ainsi qu'à prier Dieu. Elle lui enseigna aussi le catéchisme, car elle voulait que, comme la sienne, son éducation fût fondée sur des principes religieux, qui en sont la base fondamentale. Marie, que la nature avait douée d'une excellente mémoire et d'un esprit vif et pénétrant, profita rapide-

ment des leçons de sa jeune institutrice.
Dans l'intervalle de ses études, elle cherchait à se rendre utile et agréable, par
mille petits soins, mille petits services, qui
la rendaient encore plus chère à ses bienfaitrices, et leur prouvait sa reconnaissance.
Au bout de dix-huit mois, Marie était parvenue, grâce aux soins d'Hélène, à savoir
parfaitement lire, écrire, calculer ; et son
instruction religieuse, ainsi que sa bonne
conduite, la firent admettre à faire sa première communion.

Madame Durand désirait que l'instruction de Marie se bornât à cela ; car, disait-
elle avec raison à sa fille, il serait dangereux
de donner à cette enfant une instruction qui
la mît à même de s'élever au-dessus de sa
condition et de mépriser ses parents. Ce ne
serait pas son bonheur que nous ferions
alors, disait-elle, ce serait son malheur.
Rien ne rend la vie amère comme de se
sentir ou de se croire supérieur à sa position sociale. Nous ne devons songer mainte-

nant qu'à lui enseigner tout ce qui peut faire
d'elle une bonne ménagère, une jeune fille
habile dans tous les travaux de son sexe.
C'est là une tâche importante pour elle autant que pour nous, et de laquelle dépend
tout son avenir. D'après le même principe,
madame Durand ne voulut jamais permettre
que Marie portât des vêtements au-dessus
de sa condition. Elle était toujours très proprement vêtue, mais avec simplicité et modestie. Du reste, ces dames n'avaient qu'à se
louer de leur protégée, dont la soumission et
la reconnaissance n'étaient jamais en défaut,
disaient-elles. Marie apprit sous leur direc-
tion tout ce qui est nécessaire pour remplir
les fonctions auxquelles on la destinait; ses
progrès en ce genre de travaux furent aussi
rapides que dans l'étude. Hélène, qui voyait
avec joie la facilité avec laquelle sa jeune
élève apprenait toutes choses, obtint de sa
mère la permission d'étendre un peu son
instruction, l'assurant qu'elle connaissait
assez les sentiments de son cœur, et les

dispositions de son esprit, pour pouvoir répondre qu'elle n'en abuserait pas. Elle lui donna donc quelques leçons de géographie et d'histoire, puis elle lui prêta des livres instructifs, qui achevèrent de développer son intelligence. Hélène était ravie. Considérant Marie bien plus comme une compagne que comme une femme de chambre, elle pouvait causer plus agréablement avec elle sans être arrêtée à chaque instant par sa grossièreté ou son ignorance. Je dois ajouter que mademoiselle Durand, tout en cultivant l'intelligence de son élève, n'avait pas négligé de cultiver en même temps les qualités du cœur, et s'était attachée surtout à y faire naître les sentiments les plus nobles et les plus purs.

Marie venait de finir seize ans, Hélène atteignait sa vingt-troisième année. Riche de toutes les qualités de l'esprit et du cœur, favorisée de tous les dons de la fortune et de la beauté, elle avait de bonne heure trouvé de brillants partis, qui avaient tous été refusés, soit par elle, soit par ses parents, qui cherchaient autre chose que des richesses dans l'époux auquel ils confieraient le bonheur de leur fille. Il s'en présenta un qui réunissait toutes les qualités que monsieur et madame Durand désiraient trouver dans celui qui devait devenir leur fils. Hélène l'accepta des mains de ses parents, et devint bientôt madame Laville.

Le jeune homme pria sa mère de lui donner Marie, elle lui fut accordée, et suivit les jeunes époux, toute joyeuse du bonheur d'Hélène.

Pendant quatre ans, tout sembla sourire aux deux familles. Hélène devint mère de deux charmantes petites filles, dont Marie et elle se partagèrent le soin. Son mari, riche armateur, voyait ses affaires prospérer de jour en jour. Tout lui faisait présager un brillant avenir, aussi tout était joie et bonheur chez monsieur Laville.

Mais Dieu se plaît à éprouver ses élus : et tandis qu'il laisse le méchant jouir des

biens de la terre, il renverse souvent la
fortune de ceux qu'il aime le mieux, et ré-
pand l'amertume dans leurs cœurs, afin de
les empêcher de se trop attacher aux biens
de ce monde. Cette conduite de la Providence n'a rien qui doive nous étonner;
l'éternité nous l'explique : qu'importe que
l'impie jouisse durant quelques jours des
plaisirs et des délices de la terre, qui sont
peut-être pour lui la récompense que Dieu,
dans sa justice, lui donne pour quelque
bonne action qu'il a pu faire au milieu d'une
infinité de mauvaises; l'éternité de l'enfer
ne suffit-elle pas pour le punir de ses ini-
quités? De même, qu'importe que le juste
passe par de rudes épreuves, si elles servent
à le purifier et à lui faire tourner vers Dieu
ses pensées et ses espérances ; n'a-t-il pas
l'éternité pour le récompenser de quelques
souffrances passagères?

Le premier malheur qui frappa ces deux
familles fut la mort de monsieur Durand :
il succomba aux suites d'une longue maladie

dont ses affaires commerciales eurent beaucoup à souffrir. Après son décès, monsieur
Laville essaya de les rétablir, ou du moins
de faire rentrer des sommes assez fortes
qui lui étaient dues, afin de pouvoir liqui-
der ; mais cela ne lui fut pas possible ; et
pour comble de malheur, une des maisons
avec laquelle son beau-père faisait des affaires considérables étant venue à manquer,
les pertes de la maison Durand furent énor-
mes. A peine resta-t-il à la veuve de quoi
vivre honorablement. Peu de temps après,
monsieur Laville reçut la nouvelle que deux
de ses navires avaient fait naufrage, et que
toute leur cargaison était perdue. C'était
une perte immense pour le mari d'Hélène :
rien n'était assuré. L'honnête négociant
songea d'abord à régler toutes choses de
façon que personne ne fût lésé dans la
catastrophe que venait d'éprouver sa maison. Il dut s'imposer de grands sacrifices,
afin de faire face à ses engagements, et conserver au moins son crédit et son honneur.

Cela fait, il se prit à considérer sa position. Non-seulement la fortune de sa femme se trouvait réduite de trois quarts au moins, mais la sienne propre se trouvait gravement compromise par les pertes qu'il avait essuyées. Il méditait profondément sur le moyen d'y remédier, lorsqu'il reçut une lettre de Rio-Janeiro. Elle était d'un de ses oncles établi dans cette ville depuis plusieurs années, et à la tête d'une maison de commerce très importante. Ce monsieur désirant se retirer des affaires, invitait son neveu à venir en prendre la suite. Les conditions qu'il lui faisait étaient si avantageuses que monsieur Laville y vit un secours providentiel, et n'hésita pas à les accepter, dans l'espoir de rétablir sa fortune et d'assurer l'avenir de sa famille. Il fut décidé qu'il s'embarquerait pour le Brésil dès que ses affaires seraient réglées.

Bien que cette détermination fût assez douloureuse pour madame Laville et pour sa mère, elles s'y soumirent sans hésitation.

Hélène n'eut jamais consenti à laisser son
mari partir sans elle, comme il le lui offrit
généreusement, dans la crainte que cet exil
ne lui parût trop pénible. Il fut convenu,
au contraire, que madame Durand suivrait
ses enfants, ainsi que Marie, qui pour rien
au monde n'eût consenti à se séparer de ses
bienfaitrices, maintenant surtout qu'elle
les voyait dans l'affliction. Tout était prêt
pour le départ, le navire qui devait emporter les passagers allait lever l'ancre dans
la semaine, lorsque madame Durand tomba
malade ; elle voulut cacher son mal afin de
n'être pas un obstacle au départ ; mais le
médecin, qu'Hélène fit appeler en toute hâte,
déclara que madame Durand était dans l'im-
possibilité de se mettre en route, et qu'elle
ne supporterait pas la traversée, vu le mauvais état de sa santé. Que faire? Monsieur
Laville ne pouvait retarder son départ ; son
oncle l'attendait avec impatience. Il offrit
le nouveau à sa femme de partir seul,
disant qu'elle viendrait plus tard le rejoindre

avec sa mère et ses enfants. La pauvre
madame Laville était dans une grande
anxiété ; elle eût voulu pouvoir se partager
entre ces deux êtres qui lui étaient si chers ;
elle serait restée peut-être afin de ne pas
abandonner sa mère malade ; mais madame
Durand s'y opposa formellement. « Non, dit-
elle à sa fille, je ne souffrirai pas que tu
laisses ton mari partir sans toi et sans ses
enfants ; ce voyage est assez pénible pour
lui ; que serait-ce lorsqu'il se trouverait
seul, isolé, dans un pays étranger ? Va, mon
enfant, où le devoir t'appelle. Si ma santé le
permet, j'irai vous rejoindre à Rio-Janeiro, le
plus tôt que je pourrai. » Il fallut se résigner
de part et d'autre à ce nouveau sacrifice.
Madame Laville pria Marie de rester auprès
de sa mère. « Je sais, lui dit-elle, que je ne
puis la confier à un cœur plus dévoué que
le tien. J'aurais été heureuse de vous emmener avec moi dans ce pays, où je vais me
trouver bien seule, bien étrangère ; mais
puisque Dieu en ordonne autrement, et que

je ne puis satisfaire le vœu le plus ardent
de mon cœur qu'en exposant la vie de celle
de qui je l'ai reçue ; je dois me soumettre à
une séparation qui, je l'espère, ne sera que
momentanée, et dont la douleur sera bien
adoucie pour moi par la pensée que je te
laisse auprès d'elle, comme une autre moi-
même. Acceptes-tu ? et veux-tu me promettre de ne pas la quitter, quoi qu'il arrive ?

— Ne craignez rien, chère Madame, répondit Marie, vous m'êtes également chères
toutes deux, et je souffrirai autant que vous
de laisser seule ici une de mes bienfaitrices,
comptez toujours sur mon dévouement et ma
reconnaissance. Aussitôt que Madame votre
mère sera guérie, je partirai avec elle pour
aller vous rejoindre. »

Ce fut un triste jour que celui des adieux ;
il semblait que chacun sentît au fond de
l'âme qu'ils étaient éternels. On cherchait
cependant à se consoler mutuellement, par
l'espoir d'une prochaine réunion. Je ne

m'appesantirai pas, mes enfants, sur ces
moments toujours si pénibles, surtout lorsque les âmes sont étroitement unies, comme
l'étaient celles-ci, par les sentiments les
plus nobles et les plus chrétiens.

Pendant les premiers jours qui suivirent
ce départ, madame Durand et Marie osaient
à peine se regarder et se parler, de peur de
laisser éclater toute la douleur qu'elles ren-
fermaient dans leurs âmes.

Hélène avait promis d'écrire aussi souvent
qu'elle en trouverait l'occasion durant la
traversée. Elle tint sa promesse. A chaque
escale que fit le navire, une longue lettre
partait pour la France. C'étaient des jours de
fête pour madame Durand et pour Marie,
ceux où le facteur apportait une lettre. On
passait la journée à la lire, à la commenter,
et pendant de longs jours on s'en entretenait,
puis on faisait la réponse, que l'on se hâtait
d'expédier au port indiqué, afin qu'Hélène
eût des nouvelles à son tour. Mais au bout
de quelques jours madame Durand retom-

bait dans l'inquiétude. Elle songeait aux périls de la traversée, aux tempêtes possibles, aux naufrages, que sais-je ? Le cœur d'une mère va sans cesse au-devant des dangers auxquels ses enfants peuvent être exposés. Marie, alors, parlait de prochain départ pour aller les rejoindre et ne plus se séparer. La pauvre mère souriait un moment à cette espérance, puis elle soupirait comme si elle avait le pressentiment qu'elle ne reverrait plus ceux qu'elle venait de quitter.

Enfin, une lettre timbrée de Rio-Janeiro vint mettre un terme à son anxiété, en lui apprenant que madame Laville, son mari et ses enfants étaient arrivés tous en bonne santé après une heureuse traversée. Elle parlait aussi de la bonté avec laquelle les avait accueillis l'oncle de son mari, et de la brillante position qui allait leur être faite. Hélène terminait sa lettre en exprimant l'espoir que Dieu mettrait le comble à ses bontés en permettant que sa mère vînt bientôt les rejoindre avec sa chère Marie, qu'elle regardait comme sa sœur, disait-elle, à cause des soins qu'elle lui prodiguait.

Madame Durand rendit à Dieu de vives actions de grâces pour de si excellentes nouvelles. Tranquille désormais sur la vie et la position de ses enfants, elle demeurait dans un calme serein et toute soumise à la volonté de Dieu. L'état de sa santé, sans s'être aggravé, ne s'était pourtant guère amélioré, et quand Marie lui parlait de partir au printemps, elle ne répondait qu'en hochant la tête. Un jour, deux lettres arrivèrent à la fois, l'une à l'adresse de madame Durand, l'autre à l'adresse de Marie (pour elle seule), disait la suscription. Marie l'ouvrit en tremblant. Elle lui apprenait que la plus jeune des petites filles d'Hélène venait de mourir à Rio-Janeiro. La pauvre petite créature, fatiguée par la traversée, et d'un tempérament délicat d'ailleurs, n'avait pu s'acclimater dans ce pays; elle venait de succomber à une fièvre cérébrale. La pauvre mère était dans la plus grande désolation.

— Venez le plus tôt possible, disait-elle à
Marie. J'ai plus besoin que jamais de me
sentir entourée de tous ceux que j'aime.
Aie soin de cacher à maman cette triste
nouvelle, sa santé pourrait en être plus
fortement ébranlée, et le départ serait encore retardé.

Marie fut terrifiée en apprenant la mort de
la petite Elvire ; elle aimait ces enfants,
qu'elle avait élevés, comme elle avait aimé
sa petite Jeanne. Elle souffrait surtout de
savoir Hélène dans l'affliction, sans qu'elle
fût près d'elle pour la consoler en la parta-
geant. Il lui fallut cependant imposer silence à sa douleur pour ne rien laisser voir
à madame Durand, qui recevait d'Hélène
une lettre pleine d'affection et d'espérance
pour l'avenir.

Marie, encore une fois lui parla du départ ; mais quelle fut sa tristesse en entendant madame Durand lui répondre :

— Ne parlons plus de cela, ma chère
petite. La mort douloureuse de mon mari

avait, tu le sais, profondément altéré ma
santé; depuis, les malheurs successifs qui
nous ont accablés ont contribué à l'ébran-
ler encore davantage; le départ de mes enfants m'a porté le dernier coup : l'inquiétude que j'ai éprouvée pendant leur traversée
et l'ardent désir que j'avais d'apprendre
leur arrivée, m'a soutenue jusqu'alors.
Maintenant, je sens que tout est fini pour
moi, et que je ne dois plus songer à ce
voyage dont tu ne cesses de me faire entrevoir la possibilité. Pauvre enfant! tu as été
près de moi comme l'ange de l'espérance,
et je dois dire, pour ta consolation, que tu
as souvent réussi à la faire pénétrer jusqu'à
mon cœur désolé. Mais aujourd'hui, ma
chère Marie, je n'espère plus... Ne t'afflige
pas trop de ce que je vais te dire : je l'ai
caché autant que possible le progrès de mon
mal; mais je sens que je n'ai plus que quelques jours à passer sur cette terre, et que je
ne reverrai mes enfants qu'au ciel. Une chose
me préoccupe et me désole : c'est la pensée

qu'après ma mort tu vas rester seule, sans
appui, sans famille, puisque ton père vient
d'aller s'établir au pays de sa femme. S'il
n'avait tenu qu'à moi, mon enfant, je n'aurais pas craint d'affronter les périls d'un
long voyage sur mer, eussé-je dû périr durant la traversée, la mort m'eût été plus
douce entourée de tous ceux que j'aime.
Puis, je t'aurais laissée auprès d'Hélène, qui
t'aime autant que moi, et qui eût pris soin
de ton établissement. Je n'ai pas voulu
causer ce chagrin à ma fille, qui ne se serait
jamais consolée de voir mes restes livrés
aux flots ; voilà pourquoi je me suis résignée. Et toi, ma chère Marie, tu n'as pas
balancé à partager mon affliction et à rester
près de moi pour me soigner, sans même
songer à ce qui pourrait en résulter pour
ton avenir ; mais j'y ai songé pour toi...

— Oh ! Madame ! s'écria Marie en écla-
tant en sanglots, que parlez-vous d'avenir ?
Mon avenir, c'est de vivre auprès de vous
tant qu'il plaira à Dieu de vous conserver

la vie ; c'est de vous entourer de mes soins, de mon respect, de mon affection, et de remplacer autant qu'il m'est possible votre fille absente.

— Je reconnais bien là ton excellent cœur, mon enfant, je n'attendais pas moins de toi ; mais je ne suis pas assez égoïste pour consentir à ce que tu passes les plus belles années de la vie auprès d'une pauvre femme malade, s'il plaît à Dieu de prolonger ma vie et mes infirmités. Ecoute : monsieur Blanchard, l'ancien premier commis de notre maison, m'a demandé ta main : c'est un jeune homme sage, rangé, honnête, et dont je connais les sentiments religieux. Je t'avoue que cette demande m'a été agréable, elle me prouve qu'il a su t'apprécier ; et je serais heureuse de te voir contracter cette union, qui m'offre pour toi des garanties de bonheur et me tranquilliserait sur ton avenir. Qu'en penses-tu, mon enfant ?

— Ah ! Madame, répondit Marie, qui pleurait d'autant plus qu'elle cachait dans

son cœur une affliction que devait ignorer
sa bienfaitrice, je ne puis qu'admirer l'ex-
cès de vos bontés pour moi. Je sais que
vous ne voulez que mon bien, et vous me
trouverez toujours prête à souscrire à tous
vos désirs ; cependant, souffrez que pour
cette fois j'y résiste.

— Quoi ! tu refuserais un mariage si
avantageux ? monsieur Blanchard te déplai-
rait-il ?

— Non, Madame, il ne me déplaît point,
je me trouve même très honorée du choix
qu'il a bien voulu faire d'une petite paysanne comme moi ; dans d'autres circonstances je n'eusse peut-être pas hésité à
l'accepter de votre main ; mais maintenant,
pour me marier, il faudrait vous quitter,
c'est ce que je ne ferai jamais. Je vous en
conjure, chère Madame, au nom de l'affection que vous m'avez toujours témoignée,
ne me parlez plus de mariage ni de rien
de ce qui pourrait m'éloigner de vous. J'ai
promis à madame Laville de ne jamais vous

quitter, et pour rien au monde je ne viole-
rai ma promesse.

— Chère enfant! à Dieu ne plaise que
je veuille t'affliger, toi si bonne et si dévouée! Cependant, combien j'aurais été
satisfaite de voir ta position assurée avant
ma mort. Me promets-tu au moins d'accorder ta main à monsieur Blanchard lorsque
je ne serai plus?

— Oh! pour cela oui, dit Marie en souriant, si toutefois il a la patience d'attendre jusqu'alors; car moi, je ne partage pas
votre opinion, j'espère que le bon Dieu vous
accordera encore de longs jours, et je vais
tant le prier pour cela, qu'il faudra bien
qu'il m'exauce.

Madame Durand attira Marie sur son sein
et l'embrassa tendrement. Mon Dieu! murmura-t-elle, pardonnez-moi d'accepter un
si généreux sacrifice. Puis elle ajouta plus
bas : Au moins ce ne sera pas pour longtemps.

A dater de ce jour, il ne fut plus question
de mariage. Monsieur Blanchard revit ma-

dame Durand; mais Marie ne s'informa
point de ce qui s'était passé entre eux. Des
lettres de Rio-Janeiro arrivaient aussi fré-
quemment que le permettait la distance.
Elles apportaient des nouvelles satisfaisan-
tes sous tous les rapports, et témoignaient
toujours plus vivement le désir de revoir
ceux qu'on avait laissés en France.

Cette correspondance faisait toute la joie
de madame Durand. Cependant, quoiqu'elle
cachât à sa fille le dépérissement de ses
forces, elle ne parlait jamais de départ, ce
qui désolait Hélène.

Marie cessait de l'espérer; car, malgré tous
ses soins, elle ne pouvait se dissimuler que
madame Durand dépérissait de jour en jour.
Elle commençait à partager ses pressenti-
ments sur sa fin prochaine, et c'était pour
elle un sujet de profonde affliction. Elle
pensa qu'elle ne devait pas plus longtemps
taire à madame Laville l'état alarmant de
sa mère; mais la maladie faisait de si rapides progrès, que la lettre n'était pas en-

core arrivée à sa destination, qu'une seconde partait de France pour annoncer à la
famille Laville la mort de madame Durand.

Je n'essaierai pas de vous dire quelle fut
la douleur de Marie à la mort de sa chère
bienfaitrice. Elle la pleura comme une mère,
et lui rendit tous les devoirs qu'elle lui devait à ce titre.

Avant d'expirer, madame Durand avait
fait venir près d'elle madame Blanchard et
son fils, ainsi que son notaire. Elle avait
obtenu d'avance le consentement de Pierre
Duroc. Elle voulut que Marie fût fiancée
en sa présence à monsieur Blanchard, et
remit au notaire une enveloppe cachetée,
qu'elle le pria de n'ouvrir qu'après sa mort.
Cette enveloppe contenait un legs de trois
mille francs qu'elle faisait à Marie, d'ac-
cord avec sa fille et son gendre, qu'elle
avait tenus au courant de cette proposition de mariage. A ce legs étaient joints la
donation de divers objets, tels que meubles, linge, etc.

Marie resta chez madame Durand jusqu'à ce que le chargé d'affaires de monsieur
Laville eût tout réglé et que la maison fût
vendue. Pendant ce temps, les premiers
mois de deuil s'écoulèrent, et Marie devint
madame Blanchard. Ce jour-là, le notaire
de monsieur Laville remit à la jeune mariée, comme présent de noces, dix mille
francs, avec une parure magnifique, don
particulier d'Hélène, qui accompagna le
tout d'une affectueuse lettre dans laquelle
elle priait Marie de ne plus la regarder que
comme une sœur dont l'affection lui était
acquise à jamais. Elle lui demandait de lui
écrire tous les mois, comme elle avait coutume de le faire, ajoutant que ce serait pour
elle une grande consolation.

Marie n'avait jamais été ingrate. Ce nouveau bienfait d'Hélène, la manière délicate
dont il lui était offert, la pénétrait de reconnaissance, et son cœur s'épancha dans une
longue lettre à sa généreuse bienfaitrice.

Dieu bénit son union : monsieur Blan-

chard, depuis qu'il avait quitté la maison
de monsieur Durand, avait entrepris de
faire quelques expéditions de vins qui lui
avaient parfaitement réussi, et avait aug-
menté son petit capital. Son mariage avec
Marie, qu'il avait cru épouser sans dot, lui
donna le moyen d'étendre son négoce. Il
sut acquérir en peu d'années une fortune
qui alla toujours en augmentant, car monsieur Blanchard eut le bonheur de n'éprouver que fort peu de ces accidents de commerce qui, souvent, précipitent un négociant du sein de l'opulence dans la plus
affreuse misère. Il faut aussi dire, à sa
louange, qu'il se montra toujours très prudent dans ses entreprises, et d'une probité
à toute épreuve dans ses transactions commerciales, ce qui lui valut l'estime et la
considération publiques.

Marie vivait donc heureuse auprès de lui,
deux enfants étaient venus embellir son
existence, et rien n'aurait manqué à son
bonheur si elle n'eût été séparée d'Hélène

Une correspondance suivie suppléait autant que possible à cet éloignement, et permettait aux deux amies de se faire part
mutuellement de ce qui se passait dans
leurs familles et de s'entretenir de l'espérance de se revoir un jour.

Dix-huit ans s'étaient écoulés depuis le
départ d'Hélène. Monsieur Laville avait acquis une fortune considérable, sa fille venait
de se marier avec un jeune homme d'origine
française dont la famille habitait le Brésil,
et qui possédait aussi une brillante fortune.
Tous ensemble se proposaient de rentrer en
France, ce qui était pour Hélène le sujet
d'une grande joie. Marie avait reçu cette
nouvelle avec une satisfaction non moins
vive, et soupirait ardemment après l'arrivée
d'Hélène. Enfin une lettre arriva, qui préci-
sait le jour du départ de Rio-Janeiro, et
indiquait le nom du navire qui devait les
transporter en France : c'était le *Triton*.
Monsieur Blanchard ayant calculé le temps
nécessaire pour la traversée, fit espérer à

sa femme qu'au commencement de l'automne elle aurait le bonheur d'embrasser Hélène et sa fille Juliette, qui était mère d'un petit garçon. Depuis ce moment, toute la famille Blanchard compta les jours qui la séparaient de cette époque si longtemps désirée. Le mariage de Cécile, leur fille, fut même retardé jusqu'alors, pour qu'Hélène et Juliette eussent le plaisir d'y assister. Tous se livraient à la joie et à l'espérance, lorsque monsieur Blanchard apprend que le *Triton* a été assailli en pleine mer par une violente tempête, et qu'une partie des passagers a péri dans les flots. Cette nouvelle fut pour lui comme un coup de foudre. Néanmoins, il résolut de ne rien dire à sa femme jusqu'à ce qu'il ne lui restât aucun doute à ce sujet. Il défendit à tous ceux qui approchaient madame Blanchard de lui en ouvrir la bouche, et se mit à la recherche de tous les renseignements possibles. Hélas! il ne tarda pas à acquérir la certitude de cet affreux événement. Tous les passagers qui

avaient réussi à descendre dans les embar-
cations avaient dû périr, disait-on, puisqu'on les avait rencontrées en pleine mer
flottant renversées. Pas un homme de l'équipage n'était parvenu à se sauver, ou du
moins ne l'avait fait savoir, et l'on était
sans renseignements sur les noms et le
nombre des victimes.

Cependant le jour approchait où Marie
croyait voir se réaliser son espérance. Déjà
elle parlait des dispositions à prendre pour
recevoir la famille Laville, et préparait les
appartements qu'elle leur destinait. Elle
avait fait mettre dans la chambre d'Hélène
tous les meubles de celle de madame Durand, qu'elle avait précieusement conservés,
sachant le plaisir qu'elle ferait à Hélène en
les lui offrant comme un souvenir. Cependant sa joie et celle de ses enfants contras-
tait d'une manière pénible avec le front
soucieux de monsieur Blanchard, dont la
tristesse augmentait à mesure qu'il voyait
approcher le moment où il lui faudrait

avouer la triste vérité. Marie ne s'expliquait pas cette tristesse de son mari, dont elle connaissait bien l'affection et le dévouement pour la famille Laville. La veille de ce jour si attendu, monsieur Blanchard voyant qu'il ne pouvait plus cacher cet affreux malheur, se détermina à faire connaître la vérité à sa femme. Bien qu'il le fît avec tous les ménagements possibles, Marie ne put supporter cette triste révélation : une fièvre ardente s'empara d'elle, et mit ses jours en danger. Dans son délire, elle croyait entendre Hélène l'appeler à son secours, ou la supplier de sauver sa fille. Elle voulait alors s'élancer de son lit pour voler à leur secours; puis elle retombait haletante, épuisée sur sa couche, en poussant des cris de douleur. Cette crise dura quinze jours. Les larmes et les prières de sa famille touchèrent sans doute le cœur do Dieu, qui la rendit à la vie. Sa santé se rétablit, mais un voile de tristesse se répandit dès lors sur son âme, et ni la tendresse de son mari et de ses enfants, ni la satisfaction qu'elle eut de voir sa fille contracter un brillant mariage, ne put jamais parvenir à la dissiper entièrement.

Malgré le peu de succès de ses recherches, monsieur Blanchard ne cessait d'en faire de nouvelles. Un vague espoir lui restait de retrouver au moins quelque membre de la famille Laville. Cependant cette espérance allait diminuant chaque jour; car près de dix ans s'étaient écoulés depuis ce funeste événement, sans que rien pût faire prévoir qu'elle dût se réaliser.

Madame Blanchard avait marié sa fille à un homme très honorable que ses fonctions retenaient à Paris pour le moment; à cette époque son fils, qui avait le goût des beaux-arts et qui cultivait la peinture avec succès, venait de partir pour l'Italie afin d'y étudier les chefs-d'œuvre des grands maîtres. La pauvre Marie se trouvait donc seule et isolée, alors qu'elle aurait eu le plus besoin de consolation ; sa santé ne tarda pas à s'altérer de

nouveau. Monsieur Blanchard, inquiet, et
dans l'espoir que le climat de l'Italie serait
plus favorable à la santé de sa femme,
lui proposa de visiter ces contrées, et d'aller
rejoindre son fils à Rome, où il était alors,
puis de revenir se fixer à Paris auprès de
leur fille. Marie accepta avec joie la proposition qui lui était faite, et comme, après le
mariage de sa fille, monsieur Blanchard
avait quitté les affaires pour jouir du fruit
de ses travaux et vivre tranquille, tout fut
bientôt prêt pour le départ. Nous ne les
suivrons pas dans leurs pérégrinations. Je
vous dirai seulement que leur voyage dura
un an, et qu'ils étaient de retour à Paris
depuis quelques mois, lorsque Cécile pria
sa mère de l'accompagner au Havre, chez
une parente de son mari, qui depuis longtemps la pressait de venir la voir, ce qu'elle
n'avait pu faire jusqu'alors, vu que son mari
ne pouvait l'accompagner. Madame Blanchard y consentit volontiers, et toutes deux
partirent pour le Havre; elles furent reçues

avec beaucoup de joie par madame Dupac,
cousine germaine du mari de Cécile. Cette
dame habitait une maison située sur le quai,
et de ses fenêtres on voyait parfaitement le
port, où se pressaient des vaisseaux de toutes
les contrées du monde. Un soir, c'était le
lendemain de leur arrivée, madame Blanchard regardait d'un œil mélancolique ces
flots qui lui rappelaient de si douloureux
souvenirs. Peu à peu la conversation s'en-
gagea sur les dangers que présentaient les
voyages en mer, sur les naufrages si fré-
quents, et sur le nombre considérable de
victimes qu'elle engloutissait chaque année.

— Je connais une dame dit madame Dupac,
qui a échappé comme par miracle à l'un de
ces sinistres maritimes. Sur trente passagers et quinze hommes d'équipage, elle est
peut-être la seule qui ait été sauvée; et l'on
peut dire qu'il eût été préférable pour elle
de trouver la mort dans les flots, avec toute
sa famille; car depuis ce jour, la pauvre
dame est si triste, si malheureuse, que la

vie est pour elle un supplice. Elle est restée
longtemps sur une île dont les habitants
l'avaient recueillie après son naufrage. Enfin, après plusieurs années passées parmi
eux, un navire français l'a ramenée dans
sa patrie, où elle espérait retrouver une
amie tendrement aimée. Mais il semble que
Dieu ait voulu mettre le comble à ses infor-
tunes, car toutes les recherches qu'elle a
faites depuis près de deux ans pour la trouver n'ont eu aucun résultat. Elle ignore
absolument ce que sont devenus ceux qu'elle
vient chercher de si loin. Elle craint que la
mort ne les lui ait ravis aussi.

Marie écoutait avec avidité le récit de
madame Dupac, son cœur battait avec force,
et des pleurs mouillaient son visage.

— Y a-t-il longtemps demanda-t-elle,
que vous connaissez cette dame ?

— Depuis qu'elle a débarqué dans ce
port. Il y avait dix ans qu'elle avait fait
naufrage en revenant de Rio-Janeiro avec
son mari et ses enfants.

Marie et sa fille jetèrent un cri.

— C'est elle! dit madame Blanchard; son nom, Madame, son nom, je vous prie!

— Elle se nomme madame Laville.

— Hélène! ma chère Hélène, s'écria Marie, dont l'émotion fut si vive qu'elle perdit connaissance.

Cécile, tout en secourant sa mère, expliqua à sa cousine stupéfaite que madame Blanchard était précisément cette amie que cherchait madame Laville, qui depuis douze ans ne cessait de la pleurer, croyant qu'elle avait péri avec tous les passages du *Triton*.

— Oh! je vous en prie, Madame, dit Marie en reprenant ses sens, dites-moi où demeure mon amie, que j'aille me jeter dans ses bras.

— Elle demeure ici même; elle habite cette maison depuis son arrivée, et vous allez la voir à l'instant, dit madame Dupac, qui s'élança pour l'aller chercher, tout émue elle aussi de cette rencontre providentielle.

— Un moment, dit Cécile en retenant sa

cousine et sa mère, qui volait sur ses pas,
ne craignez-vous point qu'une émotion trop
vive ne soit funeste à madame Laville, dont
tant de souffrances ont dû affaiblir la santé?

— Vous avez raison, Cécile il vaut mieux
ne rien précipiter, et préparer peu à peu
madame Laville à une entrevue avec votre
mère. Une joie si grande pourrait lui faire
mal. Elle vient ordinairement passer quelques heures avec moi chaque jour; elle s'en
est abstenue depuis votre arrivée, par dis-
crétion sans doute; je vais la faire appeler,
Cécile restera seule avec moi, pour la recevoir; vous, Madame, vous voudrez bien vous
tenir dans la pièce à côté, jusqu'à ce que le
moment de vous présenter soit venu.

Marie suivit le conseil qu'on lui donnait.
madame Laville ne tarda pas à descendre,
et Marie sentit son cœur battre avec une si
grande violence, lorsqu'elle entendit sa
voix, qu'elle fut sur le point de sortir de
sa cachette. La crainte de causer une trop
vive émotion à Hélène la retint néanmoins.

Madame Dupac lui présenta sa cousine, qui était presque aussi émue que sa mère. Hélène, après l'avoir saluée, se prit à la regarder avec une émotion qui allait toujours croissant. Cécile était le portrait vivant de sa mère.

— Pardonnez, Madame, lui dit Hélène, la fixité de mes regards : vos traits me rappellent d'une manière si frappante ceux d'une personne qui m'est bien chère et que je n'espère plus revoir, que je ne puis détacher mes yeux de votre visage. J'éprouve, en vous regardant, un sentiment indéfinissable de tristesse et de joie ; votre voix, votre physionomie, tout me rappelle ma chère Marie.

— Je suis heureuse, chère Madame, que ma présence vous rappelle une personne aimée, cela me fait espérer qu'en faveur de cette ressemblance vous daignerez m'accorder un peu de votre affection. Mais avez-vous donc perdu tout espoir de retrouver

celle que vous paraissez si vivement regretter?

— Hélas! je le crains bien. Toutes mes
démarches jusqu'à présent sont demeurées
sans succès. Tout ce que je sais, c'est
qu'elle a quitté la ville où elle habitait pour
aller se fixer à Paris auprès de sa fille.
Mais comme j'ignore le nom du mari de
cette jeune femme, vu qu'elle s'est mariée
depuis l'époque de mon naufrage, je n'ai
pu parvenir à me procurer son adresse. J'ai
fait un voyage à Paris, il y a un an; mais
comment espérer se rencontrer dans une si
grande ville! Je suis revenue ici, où me re-
tiennent des affaires. Cependant, Dieu m'est
témoin que mon unique espoir, en revenant
en France, était d'y retrouver celle qui a
fermé les yeux à ma pauvre mère, et de
pouvoir déposer dans son cœur toutes les
tristesses du mien.

Pauvre Marie! que de larmes a dû lui
faire répandre la nouvelle de notre naufrage! J'ai su depuis, par le consul de

France, que son mari m'a fait chercher longtemps en tous lieux sans se décourager, et maintenant que je reviens vers eux toute joyeuse de pouvoir lui dire : Voici celle que vous cherchiez avec une si persévérante amitié, je ne puis les presser sur mon cœur...

— Ne perdez pas tout espoir, chère Madame, dit Cécile, dont l'émotion faisait trembler la voix, j'habite Paris, et je pourrai peut-être vous aider à retrouver votre amie. Qui sait ? l'heure qui doit vous réunir n'est peut-être pas aussi éloignée que vous le supposez.

Madame Laville attacha sur Cécile un regard pénétrant. Mon Dieu, murmura-t-elle, si vous étiez... mais non, quelle folle espérance !... et pourtant, la fille de Marie ne saurait lui ressembler plus que vous ; puis, votre émotion... votre nom, Madame, afin que je ne me berce pas plus longtemps de cette chimère.

— Si j'étais celle que vous croyez, Madame, que feriez-vous ?

— Ah! il ne me resterait pas assez de jours pour bénir la Providence de m'avoir ménagé cette consolation.

— Eh bien! bénissez-la donc, Madame, dit Cécile en se levant : je suis Cécile Blanchard.

— Cécile Blanchard! s'écria madame Laville en tendant les bras à la jeune femme, qui s'y précipita. Ah! mon cœur me le disait bien! mais ta mère, quand la verrai-je? où est-elle? vit-elle encore?

— La voici! s'écria Marie, incapable de se contenir plus longtemps, et se précipitant dans le salon, la voici!...

— Marie, ma bonne Marie!

— Hélène, ma chère Hélène!... ah! que Dieu soit béni!

Les deux amies confondirent dans une longue étreinte leurs transports et leurs larmes de bonheur.

Il est des émotions si vives, des sentiments si profonds et si délicieux, que la langue humaine est impuissante à les ex-

primer. Tels furent ceux qui remplirent
alors ces deux âmes si étroitement unies
par l'amitié et la reconnaissance. Aussi
n'entreprendrai-je pas de vous raconter ce
qui se passa entre elles durant ces premiers
moments. Que de choses l'on avait à se dire
de part et d'autre! Toute la journée et une
partie de la nuit se passèrent dans ces doux
épanchements. Hélène fit à ses amies le
récit de son naufrage et de tout ce qui lui
était arrivé depuis. Seulement, comme la
soirée est avancée, nous remettrons ce récit
à demain soir, mes enfants, dit madame
Duperrier.

MARGUERITE.

Ah! bonne-maman, quelle belle et touchante histoire! j'en suis tout émue; quel
bonheur que ces deux dames se soient re-
trouvées! je craignais bien que ce ne fût
fini pour elles de se revoir.

ALICE.

Oui, cette histoire est très intéressante,
et il me tarde de savoir ce que fit madame

Laville après son naufrage. Mais il y a une chose qui me surprend : c'est la grande amitié de madame Laville pour Marie, et la facilité avec laquelle elle voulut bien traiter d'égal à égal avec une personne qui, après tout, avait été sa femme de chambre, et n'eût été qu'une petite villageoise sans sa protection et sa générosité.

Madame Duperrier et sa fille échangèrent un douloureux regard.

— C'est précisément cette différence de position, dit madame Raimondy à sa fille, qui fait toute la grandeur, toute la noblesse des sentiments que ces deux dames avaient l'une pour l'autre. D'un côté, c'était la bonté, la générosité; de l'autre, le dévouement et la reconnaissance. L'amitié fondée sur de tels sentiments est la plus pure, la plus vraie, la plus solide. Elle est l'image de celle qui attache Dieu à sa créature, et la créature à son créateur. Mais cette amitié, ma fille, ne peut naître dans un cœur orgueilleux toujours préoccupé des degrés et

des distances qu'il croit devoir établir entre
lui et les autres cœurs. Ceux de madame
Laville et de madame Blanchard, étant fér-
més à ces mesquines considérations de
rang et de fortune, étaient faits pour se
comprendre ; ils se sont compris, et se sont
aimés.

MARGUERITE.

Moi, je sens que je les aime toutes deux,
je serais embarrassée de dire laquelle je
préfère. La bonté, la simplicité de l'une me
charment ; mais la reconnaissance et l'atta-
chement si profond de l'autre me touchent
aussi beaucoup. Je voudrais avoir connu
ces deux dames, et il me tarde d'être à demain pour savoir la fin de ce touchant récit.
Tu nous le promets, bonne-maman ?

Mme DUPERRIER.

Oui, ma chère enfant, et je remercie le
bon Dieu de ce qu'il t'a donné un cœur ca-
pable de sentir et d'apprécier la douceur et
la délicatesse de ces sentiments.

RÉCIT DE MADAME LAVILLE.

Le lendemain, après dîner, on se réunit dans le jardin de l'hôtel pour y passer la soirée; et madame Duperrier continua en ces termes :

Nous quittâmes, dit madame Laville, Rio-Janeiro le 10 juin. Le navire sur lequel nous nous étions embarqués était un beau trois-mâts qui avait déjà fait deux fois la traversée, et avait la réputation d'être un fin voilier. Il était commandé par un capi-taine expérimenté, toutes choses qui sem-blaient être pour nous autant de garanties de sécurité. Mais que peut la science hu-maine contre la puissance des éléments déchaînés ! Après un mois d'une heureuse traversée, nous vîmes tout-à-coup l'horizon

s'assombrir, et de gros nuages courir dans
les airs avec une rapidité effrayante. Le
capitaine, prévoyant une tempête, appela
tous les matelots sur le pont, et leur ordonna
de se tenir prêts pour la manœuvre. Chacun
se rendit à son poste. L'on achevait à peine
de carguer les voiles, lorsque l'ouragan
éclata avec une violence à laquelle on était
loin de s'attendre. Tous les passagers furent renvoyés dans leurs cabines, afin de
laisser le pont libre pour la manœuvre, et
pour éviter aussi qu'ils ne fussent enlevés
par les lames. Vous avez assez lu de descrip-
tions de tempêtes pour que je m'abstienne de
vous faire le tableau de celle qui nous as-
saillit. Toute la différence qui existe entre
elles est dans leur durée plus ou moins lon--
gue, et dans leur degré d'intensité. Celle-ci
était sans doute de celles contre lesquelles
la force et l'habileté humaine ne peuvent
rien ; car, après quatre heures d'une lutte
désespérée de la part du capitaine et de son
vaillant équipage, une rafale furieuse, suivie

d'un choc épouvantable, nous fit comprendre
que notre navire avait donné contre un récif
que la hauteur des vagues empêchait d'apercevoir. Un cri d'effroi s'échappa de toutes
les poitrines. Les passagers effrayés se pré-
cipitèrent sur le pont, pour s'informer de ce
qui venait d'arriver. Plusieurs voies d'eau,
qui se déclarèrent dans la coque du navire
sans qu'il fût possible de les aveugler, nous
enlevèrent toute espérance de salut. La cale
se remplit à l'instant, et notre pauvre navire
commençait à sombrer. Le capitaine fit
mettre en toute hâte les chaloupes à la mer,
et s'empressa d'y faire descendre les passagers, en commençant par les femmes et les
enfants; je descendis la dernière avec mon
mari, dont je n'avais pas voulu me séparer,
Juliette m'avait précédée en emportant son
enfant dans ses bras, son mari nous suivit.
On nous jeta un baril de biscuit, un autre
d'eau douce, et comme il ne restait plus à
bord que le capitaine et deux matelots, ils
sautèrent à leur tour dans la chaloupe et

rompirent le câble qui nous tenait au navire, qui sombrait rapidement.

La tempête continuait toujours, et la nuit
s'avançait sombre et sinistre. Nous eûmes
la douleur de voir nos pauvres compagnons
des autres chaloupes précipités dans les
flots, sans qu'il nous fût possible de les
secourir, à cause de la violence du vent
d'abord, et parce que la nôtre n'eût pu recevoir un passager de plus sans couler. Le
capitaine et ses matelots avaient toutes les
peines du monde à empêcher que nous ne
fussions chavirés aussi. Quant aux passagers, ils avaient assez de quoi faire à vider
l'eau que nous embarquions, et qui nous
eût bientôt fait couler au fond, si nous ne
nous étions empressés de la rejeter à mesure.
Il y avait déjà une heure à peu près que
nous avions quitté le navire, et la tempête
continuait toujours. Notre barque, ballottée
par les vagues, tantôt semblait être lancée
dans l'espace, tantôt précipitée dans les abî-
mes qu'elles creusaient sous elle. D'autres

fois elles passaient sur nos têtes ou bien
fondaient sur nous comme un torrent, et
nous auraient entraînés si nous ne nous
fussions fortement retenus au bordage.
Hélas ! ce fut le sort de ma pauvre fille,
qui, oubliant un moment le soin de sa propre
conservation pour serrer son enfant de ses
deux bras à l'approche d'une de ces vagues
formidables, fut enlevée par elle comme un
roseau. Son mari, qui s'était élancé pour la
retenir, fut aussi entraîné sous nos yeux.
Un moment il put la ressaisir d'une main et
s'accrocher à la barque de l'autre; nous
saisîmes alors l'enfant, que ma fille tenait
toujours serré sur son sein, et mon gendre
continua de soutenir sa femme au-dessus de
l'eau. Déjà elle tenait l'aviron qu'on lui
tendait pour l'aider à remonter dans la
chaloupe, lorsqu'une seconde lame, accom-
pagnée d'un coup de vent, fit brusquement
reculer la barque. Tous deux lâchèrent prise,
et nous les vîmes disparaître sous les flots...
Je vous laisse à penser quel fut mon déses-

poir. Notre brave capitaine fit tout ce qui
était en son pouvoir pour les secourir ; mais
tout fut inutile. Nous dûmes continuer notre
route le cœur navré ; mon mari mit alors
dans mes bras le pauvre petit orphelin, que
je tâchai de réchauffer tout en l'arrosant de
mes larmes. Hélas ! je n'avais pas encore
épuisé la coupe d'amertume que me destinait le ciel. Toute la nuit nous fûmes ballot-
tés par les vagues, vingt fois nous faillîmes
périr sans que j'en eusse conscience, tant
j'étais absorbée dans ma douleur. Le jour
enfin commença à paraître ; avec lui, une
lueur d'espoir se glissa dans l'âme de nos
compagnons d'infortune. Nous étions épuisés
de fatigue. Notre vaillant capitaine, aux efforts duquel nous devions de n'avoir pas été
engloutis durant cette affreuse nuit, voulut
tenter encore une fois de nous arracher à la
mort. Il venait d'apercevoir une île vers
laquelle il essaya de diriger notre frêle
embarcation ; comme la mer s'était un peu
apaisée, il semblait que la chose fût assez

facile. Tous se livraient à l'espérance, mais on ne comptait pas sur le ressac. Deux fois nous tentâmes d'aborder, deux fois la chaloupe fut repoussée par les lames; à la troisième fois, elle chavira et nous fûmes précipités dans l'abîme. Que se passa-t-il alors, je ne saurais vous le dire. Sans doute des efforts durent être tentés, par ceux qui savaient nager, pour sauver ceux qui ne savaient pas, ou pour se sauver eux-mêmes. Tout ce que je sais, c'est que lorsque je revins à moi, après un évanouissement qui dut être long, puisque le soleil était déjà haut lorsque je repris mes sens, je me trouvai étendue sur le sable au bord de la mer. Ce fut en vain que je promenai mes regards autour de moi pour chercher le petit orphelin et mon mari, que j'appelai en courant éperdue sur la plage; rien ne répondit à ma voix. Je poussai alors des cris déchirants, et reprochai à Dieu de m'avoir conservé une vie qui ne pouvait que m'être odieuse après avoir perdu tout ce que j'avais de plus cher

au monde. J'eus même un moment l'affreuse
pensée de me jeter à la mer afin de partager
le sort de ceux que j'aimais. Je ne tardai pas
à me repentir d'une telle pensée, et priai
Dieu de me pardonner. Je pleurai longtemps
encore, et finis par tomber dans un état de
prostration qui m'enleva pour le moment le
sentiment de mon malheur. Le sommeil
même s'empara de mes sens, et je dormis
le reste du jour, et toute la nuit. Le soleil se
levait lorsque je me réveillai. La mer était
calme, et le ciel était redevenu serein. Il me
sembla que je venais de faire un rêve affreux ; mais je ne tardai pas à reconnaître
la réalité de mon malheur, et à comprendre
toute l'horreur de ma situation. Peut-être,
pensai-je, ne suis-je pas la seule qui ait été
jetée sur cette plage. Je me mis à parcourir
le bord de la mer, cherchant et appelant encore mon mari, mon petit-fils et mes compagnons de voyage. J'aperçus de loin un
cadavre que la lame couvrait et découvrait
tour à tour ; je courus vers lui, et reconnus

mon malheureux époux. Près de lui était
l'enfant, qui sans doute m'était échappé des
mains au moment où la chaloupe avait
chaviré. Mes larmes recommencèrent à
couler avec abondance; car je présumai que
c'était à lui que je devais la vie, et qu'après
m'avoir déposée sur le sable, il était retourné
au secours de l'enfant et s'était noyé en
plongeant pour le retrouver. Comment les
autres passagers et le capitaine lui-même
ne s'étaient-ils pas sauvés, c'est ce que je
n'ai jamais pu comprendre. Je retirai sur la
rive son corps et celui de mon petit-fils,
pour les mettre hors de l'atteinte des vagues.
Après avoir prié et pleuré longtemps près
d'eux, je cherchai autour de moi un lieu
propre à leur donner la sépulture. J'aperçus
non loin de là un très bel arbre au pied duquel je résolus de les ensevelir. Une planche
que je trouvai au bord de la mer, et qui
provenait sans doute d'un naufrage, me
donna le moyen d'exécuter mon projet. Je
me mis à creuser dans le sable et parvins

avec beaucoup de peine à y faire un trou
assez large et assez profond pour servir de
couche funèbre à ces restes chéris, et les y
déposai, comme je pus, en les couvrant de
baisers et de larmes. Après leur avoir rendu
ce pénible devoir, je plantai sur cette tombe
une croix que je formai de deux branches
droites et unies d'un arbrisseau qui crois-
sait près de là. Le jour était avancé lorsque
j'eus terminé cette pieuse tâche.

Jusqu'à ce moment, la douleur, la préoc-
cupation de mon entreprise, tout avait contribué à me faire oublier la nécessité de
prendre de la nourriture pour soutenir mon
existence. La lassitude et l'épuisement que
je ressentis alors m'en firent souvenir. Ce
fut pour moi un nouveau sujet d'angoisse,
car je ne voyais rien autour de moi qui pût
servir à ma subsistance. Eh quoi ! pensai-
je, suis-je donc destinée à mourir de faim
et de soif sur cette plage ? mieux eût valu
mille fois périr dans les flots. Cependant
j'élevai mon cœur vers Dieu, me souvenant

Qu'aux petits des oiseaux il donne la pâture,

et qu'à plus forte raison il ne laisserait pas une pauvre femme seule, sans secours, alors qu'elle mettait sa confiance en lui. Malgré la fatigue que je ressentais, j'avançai dans l'île, et ne tardai pas à y découvrir de superbes cocotiers. Je ramassai un de leurs fruits qui venait de tomber à mes pieds comme un mets offert par la Providence. Je l'ouvris avec un couteau qui était resté dans ma poche avec beaucoup d'autres menus objets qui me furent très utiles dans la suite. J'eus un peu de peine à ouvrir cette noix, mais j'y parvins à la fin, et je bus avec délices le lait qu'elle contenait; je fis ensuite de l'amande un excellent repas, et remerciai Dieu d'avoir pourvu à ma nourriture.

Pendant ce temps, la nuit était venue. La frayeur me saisit, j'ignorais si ce lieu ne renfermait pas d'animaux féroces qui pourraient me dévorer. Il fallait pourtant se résigner. Je me remis entre les mains de

Dieu et de la sainte Vierge ma patronne; j'étais revenue au pied de l'arbre où j'avais enseveli mon mari. Je me couchai sur le sable, auprès de cette tombe, à l'abri de la croix que j'y avais plantée, et ne tardai pas à m'endormir profondément. La nuit se passa sans accidents; je remerciai Dieu à mon réveil de la protection qu'il m'avait accordée, et je résolus de parcourir l'île pour voir les ressources qu'elle pouvait m'offrir, et m'assurer si elle était habitée. Jusqu'à ce moment, rien ne me faisait supposer qu'elle le fût. Je n'avais encore remarqué nulle trace humaine. Devais-je me réjouir ou m'attrister de cette circonstance? D'un côté, si l'île était habitée, je pouvais avoir à craindre la malveillance des insulaires; de l'autre, qu'allais-je devenir ainsi perdue au milieu de l'Océan, sans abri, sans autre nourriture que des noix de cocos, exposée peut-être à mille dangers, et sûrement à toutes les intempéries des saisons. Tout en faisant ces réflexions, je pénétrai

5

plus avant dans l'île : partout le silence et
l'isolement. Tout-à-coup, le murmure d'une
source attira mon attention : je me dirigeai
vers cet endroit et me trouvai au bord d'un
petit ruisseau qui paraissait traverser l'île
pour aller se perdre dans la mer. L'eau
tombait d'un rocher autour duquel je re-
marquai de beaux arbres chargés d'un fruit
que je ne connaissais pas, et qu'une multitude d'oiseaux becquetaient à l'envi. J'avais
entendu dire que les oiseaux ne touchaient
jamais aux fruits dangereux ; rassurée sur
ce point, j'en fis tomber quelques-uns que
je goûtai ; je les trouvai délicieux, et remerciai de nouveau la Providence qui venait à
mon secours. Réconfortée par ce repas,
j'allai encore plus avant. Un bois de cocotiers s'offrit à mes regards, j'y entrai : non-
seulement le sol était couvert de leurs fruits,
mais les branches en étaient chargées. Je
ne tardai pas à me convaincre que cette partie de l'île était sinon habitée, du moins
souvent visitée par des créatures humaines.

Des sentiers étaient tracés dans le bois, et des empreintes de pieds d'hommes et d'enfants étaient restées sur le sable... Je regardai de tous côtés pour y découvrir quelque hutte; mais je ne vis rien qui ressemblât à une habitation humaine. Après quelques pas encore, je me retrouvai sur le bord de la mer : j'avais traversé l'île dans sa largeur, je reconnus plus tard qu'elle était plus longue que large, et que le côté nord, très élevé au-dessus des flots, était inabordable.

Après avoir ramassé quelques noix de cocos, je résolus de retourner au rivage sur lequel j'avais été déposée : je me trouvais moins seule auprès de cette tombe où reposaient des restes aimés. Puis, je pouvais de là espérer d'être aperçue par quelque navire qui me recueillerait et me ramènerait en France. Je restai quinze jours environ seule sur cette plage, ne m'en éloignant que pour aller chercher les fruits nécessaires pour me nourrir, et l'eau que je puisais dans des coques de cocos.

Deux fois, pendant ce temps, je crus voir
passer des navires au large ; mais la distance
était trop grande pour que l'on pût apercevoir mes signaux et venir à mon secours.
Le découragement s'emparait de moi. Je
priai Dieu néanmoins de me donner une
résignation en rapport avec la grandeur
de mes épreuves ; puis j'attendis.

Un jour, j'étais assise selon ma coutume
au pied de l'arbre qui me servait d'abri, le
regard fixé sur la mer, et songeant à ma
famille qu'elle avait engloutie dans ses profondeurs, lorsque j'aperçus un point noir
qui grossissait peu à peu, et semblait se
diriger vers l'île. Mes yeux ne le quittèrent
plus. Bientôt je distinguai une barque, puis,
dans cette barque, des hommes que je reconnus pour des Indiens. Le frayeur s'empara de moi. Que faire ? devais-je les attendre ? devais-je les fuir ? Ce dernier parti me
parut le plus prudent. Je me blottis derrière
un buisson de cactus qui, tout en me dérobant à leurs yeux, me permettait d'observer

tous leurs mouvements. Ils ne tardèrent pas
à débarquer en face de l'arbre où j'étais un
instant auparavant. Ils parurent fort surpris
en voyant la croix que j'avais plantée sur la
tombe, et se la montrèrent les uns aux autres. Je les vis, avec une joie que je ne puis
vous exprimer, s'agenouiller devant elle,
faire sur eux-mêmes le signe du salut et
prier un instant. Puis, se relevant, ils parurent s'interroger, et regardèrent autour
d'eux, surpris de ne voir personne; car ils
avaient remarqué la trace de mes pas sur le
sable. Je compris qu'ils appartenaient à une
tribu chrétienne, et que par conséquent je
n'avais rien à redouter de leur présence. Je
pensai aussi que s'ils avaient le bonheur de
posséder chez eux un missionnaire catholique, ce serait pour moi une grande consolation de trouver, avec les secours de la religion, un Européen de qui je pouvais espérer aide et protection pour rentrer dans ma
patrie. Je n'hésitai donc plus à me présenter, et m'avançai vers eux en souriant. Je

ne puis vous dire quel fut leur étonnement
en voyant une femme blanche sur cette île,
où ils n'avaient jamais rencontré personne.
Je fis sur moi le signe du salut pour leur
montrer que j'étais chrétienne ; puis je m'a-
genouillai au pied de la croix, que je baisai
avec respect, ce qui leur prouva que j'étais
catholique comme eux. Ces bonnes gens se
mirent à faire des signes de joie, et m'a-
dressèrent la parole dans leur idiome ; mais
je ne pus les comprendre. Je leur parlai
français, je vis qu'ils n.   a comprenaient
pas ; je leur adressai la parole en espagnol,
j'eus la satisfaction de voir que l'un d'eux
paraissait me comprendre, et qu'il savait
quelques mots de cette langue. Enfin, moitié espagnol, moitié par signes, je parvins
à leur faire connaître mes malheurs et ma
détresse. Eux m'expliquèrent à leur tour
qu'ils étaient d'une tribu indienne catholique, que la *robe noire* (1) venait de temps
en temps les visiter et leur administrer les

(1) Le missionnaire.

sacrements, mais qu'il ne demeurait pas chez eux, parce qu'il avait d'autres tribus à évangéliser. Je vis qu'il me fallait beaucoup rabattre de mes espérances; néanmoins je ne laissai pas que de remercier Dieu de m'avoir fait rencontrer des chrétiens. Je m'informai si le lieu qu'ils habitaient était éloigné de la mer, et si l'on y voyait quelquefois des navires européens. Ils me répondirent que bien que leur tribu fût établie assez loin dans les terres, cela n'empêchait pas que l'on eût connaissance des navires qui passaient dans ces parages, vu que beaucoup d'entre eux venaient chaque jour à la mer pour y pêcher. Ils me proposèrent alors de m'emmener avec eux, m'assurant que je serais parfaitement accueillie par leurs femmes et leurs filles, qui seraient heureuses de me recevoir. Je ne savais à quoi me résoudre : je craignais, en les suivant, de manquer le passage de quelque navire; d'un autre côté, si je m'obstinais à rester là, que deviendrais-je toute seule, si

mon séjour surtout se prolongeait longtemps
sur cette île? Les Indiens m'avaient dit qu'ils
ne venaient qu'une ou deux fois chaque
année récolter des noix de cocos, et que ce
voyage était le dernier de la saison. Ils me
dirent aussi qu'ils n'avaient jamais vu de
navires passer près de là, parce que leur
route était plus au large dans la haute mer,
à cause de plusieurs écueils qui se trouvaient dans ces contrées, où des pirogues
seules pouvaient s'aventurer, vu leur légè-
reté. Je vis que le meilleur parti à prendre
c'était de les suivre. J'acceptai donc leur
offre, et pendant qu'ils allèrent remplir de
noix de cocos des sacs de nattes qu'ils avaient
emportés, je m'agenouillai une dernière fois
sur cette tombe, la seule chose qui me restât de tout ce que j'avais aimé sur la terre,
et dont j'allais me séparer pour toujours.
Cette pensée me brisait le cœur, j'aurais
voulu pouvoir emporter avec moi ces dé-
pouilles si chères; je dus me résigner à n'en
emporter que le souvenir.

Mes bons Indiens ne tardèrent pas à reparaître, et je m'embarquai avec eux. Depuis que nous étions parvenus à nous comprendre, ils paraissaient tout joyeux. Nous causâmes pendant le voyage, qui fut assez long. Ce ne fut qu'après plusieurs heures de navigation que nous aperçûmes la terre. Ils me dirent que c'était là qu'ils habitaient. Bientôt je distinguai sur le rivage des hommes qui semblaient occupés, puis des femmes et des enfants qui poussèrent des cris de joie en apercevant la pirogue. Je ne puis vous dire leur surprise de me voir parmi les leurs. La plupart, sans nul doute, n'avaient jamais vu de femme blanche. A peine fûmes-nous à terre, qu'une multitude de questions furent adressées à mes compagnons de voyage, qui racontèrent que j'étais une chrétienne naufragée qu'ils avaient trouvée sur l'île des Cocos, où j'avais été jetée par la tempête. Les femmes alors s'empressèrent autour de moi en faisant mille démonstrations de compassion et d'amitié.

Elles me conduisirent à la case du chef,
qui m'accueillit avec une grande bonté, ainsi
que sa femme, et ne voulurent pas souffrir
que d'autres qu'eux me donnassent l'hospitalité. Comme ils comprenaient assez bien
l'espagnol, je leur fis le récit de mon double
naufrage, et leur racontai comment j'avais
eu la douleur de voir périr toute ma famille
sous mes yeux, et de lui survivre.

La femme du chef, la bonne Maïda, versa
plusieurs fois des larmes au récit de mes
malheurs; elle me combla de caresses, et
voulut que dès ce moment je me considé-
rasse comme faisant partie de sa famille.
J'appris par elle que le missionnaire qui
leur avait apporté le flambeau de la Foi
était un Français, ce qui me fit beaucoup
de plaisir. Elle ajouta qu'il n'y avait que
peu de temps qu'il était venu visiter la
tribu, et qu'il n'y reviendrait maintenant
qu'à la saison des pluies, c'est-à-dire dans
quatre mois. Ce temps me parut bien long!
Maïda me raconta qu'elle avait été la pre-

mière à recevoir le baptême des mains du
missionnaire, que son mari n'avait pas
tardé à suivre son exemple, ainsi que ses
enfants; et que bientôt toute la tribu s'était
faite chrétienne.

Ces bons Indiens, ainsi que je pus m'en
convaincre par la suite, étaient d'une fer-
veur à faire rougir de honte un grand nombre de nos chrétiens d'Europe, bien qu'ils
n'eussent que juste le degré d'instruction
nécessaire pour être admis aux sacrements.

Maïda me montra la case du Père lorsqu'il était parmi eux : elle était close alors,
et sacrée pour tous. A côté s'élevait la chapelle, où en son absence la tribu s'assem-
blait les dimanches et les jours de fêtes
pour y prier en commun, et entendre la lec-
ture que le chef y faisait à haute voix dans
un livre écrit en leur langue que le missionnaire lui avait laissé. J'ai vu depuis que
ce livre contenait une exposition succincte
des vérités de la Foi et les principales prières catholiques.

Certes, cette humble chapelle faite de bambous et de branches entrelacées, décorée d'un autel rustique sur lequel s'élevait un crucifix et une image de la sainte Vierge entourée de fleurs, était loin d'avoir la magnificence de nos sanctuaires d'Europe, ni même la modeste simplicité de nos églises de campagne ; néanmoins, tel qu'il était, ce petit oratoire produisit sur moi un effet aussi puissant, et plus doux peut-être que celui qu'on éprouve, dit-on, en entrant dans Saint-Pierre de Rome. Il y avait si longtemps que je n'étais entrée dans un lieu consacré à la prière. Cette consolation m'était offerte après de si cruelles douleurs, et dans des circonstances où j'avais si peu de raisons de l'espérer, que je tombai à genoux en versant d'abondantes larmes. Je priai longtemps : j'avais tant besoin d'épancher mon cœur dans celui de Dieu ! j'avais tant à le prier pour mes pauvres morts, que je serais restée là toute la nuit, je crois, si Maïda, qui ne m'avait pas quittée et se tenaît à quelque distance derrière moi, ne m'eût averti qu'il était temps de nous retirer.

Je n'entrerai point dans le détail de mon séjour parmi ces bons Indiens, je ne vous parlerai que des faits principaux, afin d'arriver plus vite au terme de mon histoire.

Je parvins en assez peu de temps à comprendre et même à parler assez facilement la langue de mes hôtes, ce qui me mit à même de pouvoir les instruire davantage dans la foi catholique. J'organisai même un catéchisme auquel assistait souvent la tribu tout entière, qui m'avait prise en affection et me regardait comme la sœur de la *robe noire*. J'ondoyais les petits enfants qui venaient de naître, en attendant que le missionnaire vînt compléter la cérémonie du baptême, et il m'arriva d'assister quelques mourants, avec le regret de ne pouvoir autre chose pour eux que de les exhorter à faire avec résignation le sacrifice de leur vie, de l'offrir à Dieu en expiation de leurs péchés, et de se confier à sa miséricorde infinie. Enfin, je fis

tous mes efforts pour répondre de mon
mieux aux vues de la Providence, qui ne
m'avait sans doute conduite dans ce lieu
après tant d'afflictions que pour coopérer à
l'instruction de cette tribu et soutenir sa foi,
jusqu'à ce qu'un autre plus digne et plus
éclairé vînt l'affermir par la grâce des sacrements. Combien de fois depuis ai-je
béni le ciel d'avoir daigné m'associer pour
quelques jours du moins à une œuvre si
sainte, si glorieuse, moi humble et simple
femme!

Mes chers Indiens ne m'appelaient plus
que leur sœur, comme ils appelaient la *robe
noire leur père;* et ils attendaient avec la
plus vive impatience son retour pour me
présenter à lui.

Ce jour si désiré de tous arriva enfin. Un
soir, ceux de la tribu qui étaient allés à la
pêche revinrent en poussant de bruyantes
acclamations. Je sortis de la case pour voir
de quoi il s'agissait : j'espérais toujours
que l'on allait m'annoncer qu'un navire

était en vue, ou qu'il avait jeté l'ancre pour
venir faire de l'eau, comme il arrivait quelquefois, m'avait-on dit. Je courus donc au-
devant de nos pêcheurs et j'appris que c'était
le *Père* qui venait d'arriver, et qu'ils accom-
pagnaient en triomphe.

Ma satisfaction fut aussi vive, je vous
l'avoue, que si l'on m'eût annoncé qu'un
navire français venait me chercher. Je me
jetai aux pieds du ministre de Dieu, et le
priai de me bénir.

— C'est ta sœur, Père, lui disait-on,
c'est elle qui t'a remplacé parmi nous pendant ton absence. Elle est de ta tribu et de ta
religion. Le bon Dieu nous l'a fait trouver
sur une île déserte, pour nous consoler de
ne plus te voir.

Le bon missionnaire me regardait, étonné;
je m'empressai de lui expliquer en peu de
mots la cause de ma présence au milieu de
ces bons insulaires, et je lui exprimai toute
la joie que me causait son arrivée, comme
prêtre et comme compatriote. L'homme de

Dieu daigna me témoigner combien il était heureux de cette rencontre inattendue, et la part qu'il prenait à mes malheurs.

Le lendemain fut un jour de fête pour la tribu tout entière. Le Père disposa sa chapelle dès l'aurore. Il entendit la confession d'un grand nombre, et célébra le saint sacrifice de la messe, auquel j'eus le bonheur de communier, ainsi que Maïda. Le reste de la journée fut employé par lui à la visite des malades et aux différentes œuvres de son saint ministère. Il resta quinze jours parmi nous, et j'eus pendant ce temps occasion de m'entretenir souvent avec lui. Je lui parlai de mon vif désir de rentrer en France et du peu d'espoir que je conservais de le voir se réaliser, puisque, depuis quatre mois que j'étais là, aucun navire n'était passé assez près pour qu'on pût lui faire signe d'approcher. Le missionnaire m'apprit qu'il était fort rare que des navires marchands approchassent de cette terre, où il ne se faisait aucun commerce avec les habitants. Il me

dit qu'ils n'y venaient que fort rarement
pour faire de l'eau, vu que les divers ports
où ils avaient habitude de toucher n'étaient
pas assez éloignés pour que leur provision
fût épuisée lorsqu'ils se trouvaient à la hauteur de cette île; que je courrais par conséquent le risque de demeurer longtemps en
ce lieu, à moins que l'on ne vînt exprès
pour m'y chercher, ou bien que je ne trou-
vasse le moyen de me faire transporter à
Cayenne ou à Porto-Rico. Il m'apprit que
je me trouvais à la hauteur des îles du Cap-
Vert. La difficulté était de me faire conduire
à l'un de ces ports. Outre que la distance
était trop grande pour pouvoir entreprendre
ce voyage dans une pirogue, nous courrions
le risque de rencontrer des hommes d'une
tribu ennemie, qui ne manqueraient pas de
s'emparer de nous s'ils étaient les plus forts,
ce qui rendrait ma position plus affreuse.

Tout cela n'était pas consolant. « Ce qu'il
y a de mieux à faire, reprit l'excellent prêtre, c'est de prévenir le consul de France te

plus proche qu'une Française naufragée
réclame son secours et sa protection pour
retourner dans sa patrie. Ecrivez vous-même
une lettre au consul, me dit-il en me pré-
sentant du papier et de l'encre ; je me charge
de la faire parvenir à son adresse dès que
j'en trouverai l'occasion. » Je remerciai le bon
missionnaire et m'empressai de faire ce
qu'il me conseillait.

Le lendemain, il partait emportant ma
lettre. Les regrets et les vœux de la tribu
l'accompagnèrent comme de coutume, j'y
joignis les miens. Sa présence était pour
moi une immense consolation : outre la force
que je puisais dans les sacrements et dans
le divin sacrifice, le voisinage d'un compatriote me rendait presque ma patrie. Il
nous dit, pour nous consoler, qu'il espérait,
à son prochain voyage, fixer sa résidence
dans la tribu ; qu'on attendait de nouveaux
missionnaires qui allaient venir partager
ses travaux; ce qui permettrait à quelques-uns de résider dans les principales

chrétientés. Cet espoir adoucit l'amertume
de la séparation. Hélas! deux mois plus tard,
nous apprenions que le bon Père avait péri
victime de son zèle et de sa charité, au milieu d'une tribu idolâtre. La nôtre le pleura
amèrement, car il avait su gagner tous les
cœurs par sa bonté vraiment évangélique.
Pour moi, je le pleurai plus amèrement encore, car avec lui s'éteignait ma dernière
espérance. J'ignorais s'il lui avait été possible de faire parvenir ma lettre avant sa
mort.

La bonne Maïda s'affligeait de ma tristesse. « Pourquoi, me disait-elle, tant regretter
ta patrie, puisque aucun lien ne t'y rattache
plus? La mer a englouti ton époux et tes
enfants; la terre de France dévore, m'as-tu
dit, les ossements de ton père et de ta mère;
tu n'as plus d'autres parents : qui est-ce
qui songe à toi maintenant dans ta patrie,
depuis si longtemps que tu l'as quittée?
N'as-tu pas ici des cœurs qui t'aiment et te
sont dévoués? Mon époux te vénère, mes

enfants te chérissent comme une seconde
mère, Maïda t'aime comme la plus tendre
des sœurs. Tu règnes sur notre tribu autant
et plus que nous-mêmes ; car tu règnes sur
leurs cœurs, tandis que nous ne régnons que
sur leur volonté. Pourquoi veux-tu de
nouveau t'exposer aux dangers des tempêtes
et à l'inconstance des vents? Que te man-
que-t-il ici? Tout ce que nous avons t'appartient. Reste avec nous, et n'afflige plus
la pauvre Maïda, qui mourrait de douleur
s'il lui fallait se séparer de toi.

J'avoue que je ne pouvais entendre de
telles paroles sans en être vivement atten-
drie, et sans que ma résolution de rentrer
en France n'en fût un moment ébranlée.
Que me manquait-il effectivement pour les
besoins de la vie, si calme, si simple, si
facile au milieu de cette peuplade aux
mœurs douces et honnêtes? Et lorsqu'un
missionnaire y serait à demeure, que me
manquerait-il, puisque j'y trouverais chaque jour les consolations de la Foi, les seules

que je pusse goûter en cette vie. J'avais
ma case à moi, près de celle de Maïda et
de sa famille ; je l'avais arrangée à ma fan-
taisie, j'y employais mon temps comme je
l'entendais, et comme l'oisiveté m'eût rendu
la vie insupportable, je m'étais créé des oc-
cupations diverses, qui remplissaient les
heures de la journée. Une des principales
fut l'instruction des enfants de Maïda, auxquels j'enseignai tout ce qu'il me fut possible. Que me manquait-il donc? Ah! il me
manquait une amie, une sœur dévouée dont
le cœur appelait le mien. Mais étais-je bien
sûre de la retrouver? Hélas! j'ignorais si la
mort, qui m'avait tout ravi, ne l'avait point
enlevée aussi à mon affection. Et cependant,
lorsque je songeais à la douleur qu'avait dû
lui causer la nouvelle de mon naufrage, je
me sentais un désir plus vif de la revoir et
de lui dire : Me voici !... Alors les souvenirs
de la patrie me revenaient en foule : il me
semblait que si j'avais le bonheur de mettre
le pied sur le sol natal, d'entendre parler la

langue de mon pays et de serrer dans mes bras celle qui avait été la première amie de mes pauvres enfants et la dernière consolation de ma mère mourante, je renaîtrais à la vie, et sentirais s'évanouir cette douleur poignante, bien que résignée, qui me consumait.

Je dissimulais avec soin à Maïda une partie de mes pensées : elle était si bonne, si affectueuse, que pour rien au monde je n'aurais voulu l'affliger. Je lui avais même caché qu'il me restait en France une amie dont le souvenir m'était cher.

Les mois et les années s'écoulèrent sans apporter aucun changement à ma position. Un nouveau missionnaire, Espagnol, était venu s'établir parmi nous. Il venait de la Guadeloupe, le navire qui l'avait apporté l'avait déposé sur une île du Cap-Vert, et de là il était venu jusque chez nous dans une barque. Ce fut pour moi un grand soulagement à mes maux; je puisai dans les sacrements une si grande soumission à la volonté de Dieu, que j'avais fini par me résigner à ne plus revoir la France, bien que le missionnaire eût fait savoir à ses supérieurs ma présence dans sa mission, et les eût priés de procurer mon passage en France si cela leur était possible.

Maïda ignorait cela. Comme elle me voyait calme et presque joyeuse, elle se croyait assurée que je ne partirais jamais.

Cependant l'heure était venue où Dieu allait exaucer mes vœux.

Un jour, nous vîmes arriver à la case du chef des hommes blancs, que je reconnus pour des matelots. Ils parurent fort surpris de me trouver là. Celui qui paraissait être le chef m'adressa la parole en français, et me demanda quelle était ma nation, et par quel concours de circonstances je me trouvais parmi ces Indiens. Je ne puis vous dire ce que j'éprouvai en voyant des compatriotes et en entendant parler la langue de mon pays. Il me semblait que ces hommes étaient mes frères, et que la France était à deux pas de moi. Je répondis que j'étais Française, et qu'il y avait huit ans que ces bons Indiens m'avaient recueillie sur une île déserte. Ils me prièrent alors de leur servir d'interprète, ce que je fis volontiers. J'expliquai à l'époux de Maïda que celui qui me parlait était second à bord d'un navire de commerce parti de Bahia, et faisait voile pour la France. En entendant prononcer ce nom, Maïda pâlit et poussa un cri douloureux ; je lui serrai la main et continuai de traduire : une tempête les avait assaillis, et leur avait causé quelques avaries qui les forçaient à relâcher en vue de l'île pour se réparer. Ils étaient descendus à terre pour y chercher de l'eau fraîche et quelques provisions si nous en avions à leur offrir. Le chef les accueillit favorablement et les fit conduire aux sources après leur avoir offert du riz, des cocos, des fruits et du manioc, seules richesses de l'île, ce qui, avec la production de la pêche, faisait toute la nourriture des habitants. Les Français, en échange,

donnèrent des haches, des couteaux, des
clous, et d'autres menus objets qui furent
acceptés avec le plus grand plaisir. Maïda
reçut un superbe collier de verroterie, ainsi
que des bracelets. En d'autres temps elle
eût été émerveillée de ces présents, auxquels
elle parut insensible. Une seule chose occu-
pait son esprit. La pauvre femme comprenait que notre séparation était inévitable, et
que malgré tous ses efforts je ne laisserais
pas échapper cette occasion de revenir dans
ma patrie. Aussi se tenait-elle assise triste
et silencieuse à la porte de sa caso, les yeux
fixés sur moi, s'efforçant de comprendre par
mes gestes et par l'expression de mon visage ce que je disais à ces étrangers.

Le second, avant de retourner à bord, me
demanda si je ne serais pas bien aise de retourner dans mon pays.

— Vous allez au-devant de mes désirs,
lui répondis-je aussitôt, malgré tout mon
regret de quitter ces braves Indiens, surtout
cette famille qui a été si bonne pour moi et

qui m'est si dévouée; je sens que je ne puis me résoudre à finir mes jours sur une terre étrangère, lorsque le ciel m'offre le moyen de rentrer en France.

Le second m'assura que son capitaine serait heureux de me recevoir sur son navire et de me repatrier. Il me dit qu'ils reviendraient ensemble le lendemain pour s'entendre avec moi, et me fixer le jour du départ.

Lorsque ces hommes furent partis, Maïda se jeta en pleurant dans mes bras.

— J'ai tout compris, me dit-elle, ton visage m'a tout dit. Tu vas partir avec ceux de la nation... Tu vas abandonner Maïda et sa famille. Ah ! tu ne nous aimes donc pas?... Ses larmes coulaient avec tant d'abondance, sa douleur était si vive, si profonde, que je me sentis sur le point de renoncer à mon départ, plutôt que de briser le cœur d'une si excellente créature. J'allai même jusqu'à m'accuser d'ingratitude envers elle. J'essayai de la consoler, sans lui rien promettre, néanmoins ne voulant pas la tromper. Puis, comme la nuit était venue, je me retirai dans ma case pour prendre du repos.

Il est inutile de vous dire que le sommeil n'approcha pas de ma paupière durant toute cette nuit : mille pensées se heurtaient dans ma tête. Mon cœur était partagé entre la crainte d'affliger celle qui m'avait donné tant de preuves d'affection, et le désir plus violent que jamais de revoir la France, et surtout ma chère Marie, que l'amitié de Maïda ne pouvait me faire oublier. Dès que parut le jour, je courus à la chapelle. Le Père ne tarda pas à s'y rendre aussi, je lui fis part de mes anxiétés et de mon indécision.

— Partez, me dit le Père, puisque aucun devoir ne vous retient ici, et qu'il est en France des amis qui vous aiment, et seront heureux de vous revoir. Profitez de l'occasion qui vous est offerte, et qui ne se renouvellera peut-être jamais si vous la laissez fuir ; vous pourriez le regretter par la suite,

puisque le souvenir de la France est toujours vivant dans votre cœur. Allez, ma
fille, que Dieu soit avec vous, et qu'il vous
protège durant votre voyage ; je consolerai
Maïda après votre départ.

Je remerciai le bon Père, et dès ce moment ma résolution fut arrêtée.

Le capitaine vint le même jour à la case
du chef, et m'avertit de me tenir prête pour
le lendemain. Ce fut une triste journée, celle
qui précéda mon départ : Maïda, ses enfants, son époux lui-même, ne cessèrent de
se presser autour de moi et de m'exprimer
leurs regrets et leur désolation. Le missionnaire leur ayant fait comprendre qu'il serait
peu généreux de leur part de me contrain-
dre à rester, ils n'essayèrent plus de me retenir ; mais la tristesse peinte sur leurs vi-
sages me disait assez combien ils l'eussent
désiré. J'étais moi-même accablée de douleur, et je ne sais si j'aurais eu la force de
lutter un jour de plus contre l'affliction de
ces excellents amis. Que j'eus besoin de

songer souvent à toi, chère Marie, pour me
résoudre à briser des cœurs si dévoués !

L'heure des derniers adieux arriva bientôt. Je ne m'y arrêterai pas, car je ne puis
encore y songer sans que mon cœur se
serre. Je vous dirai seulement qu'ils furent
déchirants. Toute la tribu voulut m'accompagner jusqu'au bord de la mer. Là, le missionnaire me donna sa dernière bénédiction,
et je m'arrachai des bras de Maïda en lui
montrant le ciel et lui laissant, comme le
gage le plus précieux de ma tendresse pour
elle, la petite croix de diamants que m'avait
donnée ma mère à mon départ pour Rio-
Janeiro, et qui ne m'avait jamais quittée depuis ce jour.

Vous devinez facilement que mon bagage
était plus que modeste. Je n'avais d'autres
vêtements que ceux que je m'étais confec-
tionnés avec des étoffes que m'avait don-
nées Maïda ; aussi mon costume était-il des
plus pittoresques. On aurait eu de la peine
à me reconnaître pour une Française sous

cet accoutrement, si mon langage ne l'eût
prouvé. Heureusement il se trouvait à bord
des dames européennes qui me comblèrent
de soins, et me donnèrent des vêtements
qui me permirent à notre arrivée de descendre à terre sans attirer sur moi les regards
des passants.

La traversée fut des plus heureuses. Nous
débarquâmes au Havre. Mon mari, lors de
notre départ, avait fait passer une somme
assez considérable chez un banquier de cette
ville, afin de la trouver en débarquant. Le
reste de notre fortune, ainsi que celle de ma
fille, avait été aussi expédié en France,
mais leurs titres comme les miens sont per-
dus. Je ne m'arrêtai pas au Havre, et remis
à plus tard de faire mes réclamations. Je
partis immédiatement pour Bordeaux ; il me
semblait que je n'y arriverais jamais. Je pos-
sédais quelques milliers de francs qu'avait
sur lui mon mari au moment de notre naufrage ; ils étaient renfermés dans une cein-
ture imperméable que je retrouvai sur lui

après sa mort. Cela me suffisait pour le moment.

Comme mon cœur battait en arrivant dans ma ville natale! Mon émotion était si forte, que je ne pouvais me soutenir. Je courus à la demeure, et demandai madame Blanchard à une femme de chambre, qui me répondit qu'il n'y avait personne dans la maison qui s'appelât ainsi. Quelle déception pour moi! Je demandai l'adresse du propriétaire, et j'y courus, espérant être mieux renseignée. Ce monsieur m'apprit que vous aviez quitté Bordeaux depuis près d'un an, que vous étiez partis pour l'Italie, et qu'au retour vous deviez rester à Paris auprès de votre fille, qui était mariée, mais dont il ne sut me dire ni le nom ni l'adresse. Je sentis le découragement s'emparer de moi, néanmoins j'acquis la certitude que vous viviez encore, cela me donna du courage. Je partis pour Paris, comptant uniquement sur la Providence pour vous y trouver; mais je cherchai en vain, son heure n'était pas

encore venue. Je ne pouvais me défendre
d'un profond sentiment de tristesse. Je pen-
sais à la pauvre Maïda : quel ne serait pas
son chagrin, de me voir ainsi courir de ville
en ville. Eh quoi! disais-je, j'aurai traversé
l'Océan, abandonné des cœurs dévoués, pour
ne trouver ici que l'isolement et l'abandon.
Mieux eût valu que je restasse sur mon île.
Cependant, ma confiance en Dieu prenait
toujours le dessus, et j'espérais encore, quoi-
que faiblement. Je revins au Havre et fis des
démarches pour rentrer dans la somme qui
m'est due. Mais que de difficultés à sur-
monter pour cela, je n'ai rien qui puisse
prouver mon identité. Depuis trente ans
que j'ai quitté la France, qui est-ce qui me
connaît? Je comptais sur vous pour certifier
que je suis madame Laville; ne vous retrou-
vant pas, je me voyais forcée à renoncer à
cette somme, et me demandais ce que je
deviendrais après avoir épuisé ce que je
possède. Fatiguée de tant de démarches
inutiles, je me proposais de retourner à

Bordeaux et de me réfugier dans un couvent, afin de mourir dans la ville où je suis née ; mais Dieu a daigné mettre un terme à mes épreuves, et me prouver une fois de plus que ce n'est jamais en vain qu'on met sa confiance en lui. Il m'a fait la grâce de te retrouver, ma chère Marie, au moment où j'y comptais le moins. Qu'il soit à jamais béni. Cette heure me fait oublier bien des jours de souffrance.

— Oh ! dit Marie, dont les larmes avaient bien souvent interrompu le récit de madame Laville, maintenant que nous voici réunies, après une si longue séparation, nous ne nous quitterons plus, n'est-ce pas, ma chère Hélène? vous allez venir avec nous. Quelle joie ce sera pour mon mari de vous revoir, lui qui vous a tant cherchée! Nous sommes encore à Paris pour quelques mois, mais nous ne tarderons pas à repartir pour Bordeaux, dès que le mari de Cécile aura terminé ses affaires.

— Oui, chère Madame, lui dit Cécile,

6.

nous nous efforcerons tous à l'envi de vous faire oublier tant de souffrances, tant de malheurs, et nous ferons en sorte de vous dédommager par notre affection du sacrifice que vous nous avez fait de celle de Maïda, dont le souvenir vivra parmi nous.

Madame Laville accepta de grand cœur l'offre de Marie et de sa fille, et comme on ne devait repartir pour Paris que le lendemain, on se hâta d'écrire à monsieur Blanchard cette heureuse nouvelle. Ce fut avec des transports de joie qu'il reçut à Paris madame Laville. Son gendre, homme de cœur comme lui, exprima à Hélène les mêmes sentiments que sa femme, et la pauvre voyageuse put goûter un peu de joie et de bonheur au sein de cette famille devenue sienne, et qui se félicite chaque jour de la posséder dans son sein. Une consolation à laquelle elle était loin de s'attendre lui fut ménagée comme surprise. Un jour, après leur retour à Bordeaux, monsieur Blanchard proposa une promenade à la campagne; on

partit tous ensemble. Quelles ne furent pas
la surprise et l'émotion de Marie et d'Hélène en entrant dans l'ancienne propriété de
madame Durand. Elles croyaient rêver. Le
domaine de Baumont avait été vendu à
l'époque des désastres de la maison Laville.
Monsieur Blanchard venait de le racheter
depuis peu, à l'insu de sa femme, à qui il
voulait faire une surprise. Combien sa satisfaction fut plus grande encore de pouvoir
dire à madame Laville : Voilà votre propriété; elle vous 'appartient toujours, vous
nous y recevrez comme vos amis. Hélène,
émue de joie et de reconnaissance, voulut
refuser; mais monsieur Blanchard et sa
femme se montrèrent si peinés de son refus,
qu'elle dut accepter, pour ne pas affliger ses
amis, qui vont passer la belle saison auprès
d'elle. En échange, elle vient passer l'hiver
en ville, auprès d'eux : ce qui fait qu'ils ne
se quittent jamais.

MARGUERITE.

Pauvre madame Laville! que je suis

heureuse de voir qu'après tant d'épreuves
le bon Dieu a récompensé sa confiance en
lui, et lui a ménagé d'heureux jours auprès
de sa chère Marie, qui était bien digne en
effet de son amitié, puisqu'elle s'est montrée
si reconnaissante, si dévouée. Et ce bon
monsieur Blanchard! Quelle délicatesse
dans le don de cette propriété à celle à qui
elle avait appartenu la première. Comme
tout cela est touchant et digne d'admiration.
Mais cette pauvre Maïda! quel a dû être
son chagrin après le départ d'Hélène! J'aurais presque désiré qu'elle ne la quittât pas.

ALICE.

Comment! tu aurais voulu que cette
dame renonçât à revoir son pays, pour
l'amour d'une femme demi-sauvage? Je
m'étonne même qu'elle ait pu s'attacher si
fortement à elle.

Mᵐᵉ DUPERRIER.

Ma pauvre Alice est toujours en défaut
lorsqu'il s'agit de sentiment. Il y a beaucoup
de personnes civilisées qui n'ont pas autant

de cœur que cette *demi-sauvage*, comme il
te plaît d'appeler cette bonne Maïda. Pour
moi, je comprends parfaitement qu'Hélène
se soit attachée à elle. Ne lui avait-elle pas
sauvé la vie, en lui donnant l'hospitalité,
non-seulement dans la tribu dont elle était
la reine, mais dans sa propre case, parta-
geant avec elle tout ce qu'elle possédait?
Plus que cela, ne l'a-t-elle pas aimée de
l'amitié la plus tendre, et cette amitié s'est-
elle démentie un seul jour pendant les huit
ans que madame Laville a passés près d'elle?
Non, cette amitié est allée jusqu'au sacrifice
de la personne aimée, lorsqu'elle a compris
que ce départ pourrait être pour elle un plus
grand bien. Quant à moi, je trouve que
Marie dut être profondément touchée du
sacrifice que lui fit Hélène, en quittant pour
elle cette excellente femme.

MARGUERITE.

Je trouve, moi, qu'elles sont toutes trois
dignes d'être aimées, et je les aime de tout
mon cœur. Mais c'est singulier! la fin de

celle histoire ressemble un peu à celle de
madame Ducret. Sauf Maïda et Marie, on
dirait presque la même personne; ne trou-
ves-tu pas, maman?

Mme RAIMONDY.

Oui, ma fille, c'est vrai, il   a beaucoup
de rapport.

MARGUERITE.

Est-ce que tu as connu ces personnes,
bonne-maman?

Mme DUPÉRRIER.

Oui, mon enfant, je les ai beaucoup
connues.

ALICE.

Sont-elles encore vivantes?

Mme DUPERRIER.

Oui, du moins Hélène et Marie; quant à
Maïda, je l'ignore.

MARGUERITE.

Oh! que je voudrais les connaître!

ALICE.

Moi aussi.

Mme DUPERRIER.

Vous les connaissez.

ALICE ET MARGUERITE.

Nous les connaissons !.....

Mme DUPERRIER.

Oui, mes enfants, je n'ai fait que changer les noms de ces personnes en vous racontant leur histoire, et déguiser quelques circonstances de temps et de lieux.

MARGUERITE.

Pourquoi nous les cacher, chère bonne-maman ? fais-nous connaître ces personnes, je t'en prie.

Mme DUPERRIER.

Vous le voulez ? Eh bien ! je vais vous le dire :

Madame Laville, c'est cette excellente madame Ducret qui déplaît tant à Alice.

ALICE.

Je m'en doutais !

Mme DUPERRIER.

Cécile Blanchard, c'est votre mère, madame Raimondy. Monsieur Blanchard, c'est

votre grand'père ; madame Duperrier est
Marie Duroc, la petite paysanne recueillie
par madame Durand, élevée par Hélène,
devenue femme de chambre, puis petite
bourgeoise... C'est moi.

Les deux jeunes filles demeurèrent un
moment muettes de surprise.

Madame Duperrier, ainsi que sa fille, les
regardait attentivement pour voir l'effet
produit sur elles par cette révélation inattendue. Marguerite tout émue s'élança la
première dans les bras de madame Duperrier. « Eh quoi ! bonne-maman ! c'est toi
qui es cette petite Marie, dont l'histoire
m'a tant fait pleurer. Quel bonheur ! il
me semble que je vais t'aimer encore
davantage, si cela est possible. Et cette
chère madame Ducret ! oh ! comme je vais
l'aimer, moi aussi, pour la dédommager
de ce qu'elle a souffert, et la récompenser
de tout ce qu'elle a fait pour toi, pour nous
tous, enfin, car c'est à sa mère et à elle que
nous devons d'être ce que nous sommes

aujourd'hui. Mais pourquoi donc nous avoir caché cela?

Mme RAIMONDY.

C'est que, par une délicatesse bien digne d'elle, madame Ducret n'a pas voulu que nous révélassions à personne, pendant sa vie, pas même à nos enfants, que nos positions sociales n'ont pas toujours été égales, et que nous ne faisons que lui rendre une légère partie de ce que nous lui devons. C'est ainsi que les nobles cœurs aiment à cacher leurs bienfaits et s'efforcent de faire prendre le change à ceux qu'ils obligent, en tâchant de leur persuader que ce sont eux qui sont les obligés.

Mme DUPERRIER.

Tu ne te trouves donc pas humiliée, Marguerite, d'être la petite-fille d'une humble villageoise?

MARGUERITE.

Humiliée! mais je me sens très fière, au contraire, et très honorée d'être la petite-fille de celle qui a su se montrer si digne des

bontés de la famille Durand, et lui en conserver une si vive reconnaissance, qu'elle a
su faire partager à ses enfants.

Madame Duperrier embrassa tendrement
sa petite-fille, en remerciant le ciel de lui
avoir donné un si excellent cœur; puis se
tournant vers Alice, qui se tenait assise derrière sa mère, la tête baissée et le visage
couvert de confusion.

— Et toi, ma chère Alice, lui dit-elle,
rougis-tu de ton origine, et pardonneras-tu
à la grand-mère de n'être qu'une villageoise
parvenue?

ALICE.

Chère bonne-maman, ne m'accable pas,
je t'en prie; si je rougis, c'est parce que je
suis confuse de m'être montrée si orgueil-
leuse, si vaine, et de t'avoir affligée ainsi
que maman, par la mauvaise humeur que
j'ai témoignée contre madame Ducret. Si
j'avais su ce qu'elle est pour nous, je n'aurais pas agi de la sorte. Je te prie de me

pardonner, ainsi que toi, maman ; j'espère
réparer ma faute.

Mme DUPERRIER.

J'étais sûre, mon enfant, qu'en te racontant cette histoire tu changerais de sentiments à l'égard de notre amie ; sans cela,
j'aurais respecté son désir ; mais la nécessité de te corriger d'un défaut qui finirait
par te rendre ridicule et odieuse à tout le
monde, m'a déterminée à te révéler ce que
tu n'eusses appris que plus tard. Comme
ton cœur est meilleur que ton esprit, et qu'il
n'est égaré que par lui, j'espère que cette
leçon te sera profitable.

TABLE

TABLE

—

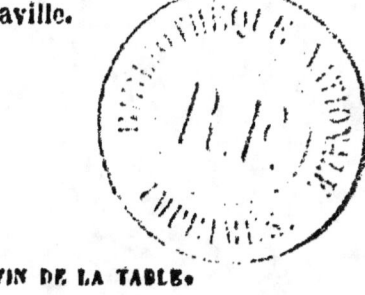

FIN DE LA TABLE.

Limoges. — Imp. EUGÈNE ARDANT et Cⁱᵉ.

www.ingramcontent.com/pod-product-compliance
Lightning Source LLC
Chambersburg PA
CBHW070803280626
47162CB00016B/1609